野いちご文庫

どうせ俺からは逃げられないでしょ?

菜島千里

JN020391

STARTS
スターツ出版株式会社

あの日、恋に落ちたのは、好きになってはいけない人――。
ダメだってわかっているのに。
『こんなんでお兄ちゃんにドキドキしてたらダメだろ?』
傷つく恋だと知っているのに。
『そういうとこが可愛いんだけど』
私はその道に進んでしまう。
……好き。
なんて絶対に言ったらダメ。
でも……
『なかったことにしてやろうと思ったのに、バカなやつ』
もう逃げられない。
「暁人《あきひと》……私、暁人のことが……」

目次

偽りの出会い

パタパタと仰《あお》ぐ手、冷たい麦茶、首にかかったタオル。

全てが夏の始まりを感じさせる六月上旬――。

「暑い……」

「菜々美《ななみ》～、おはよう」

「おはよう、杏子《きょうこ》ちゃん」

「ねぇ～今日、間違えてお姉ちゃんの香水使っちゃったんだけど⁉」

「だからかぁ、いつもと違う匂いするって思った」

「もう、嫌なんだけど！　お姉ちゃんと一緒とか」

「いいじゃん、いい匂いだよ」

杏子ちゃんは肩下まで伸びたロングヘアにちょっと派手な茶髪の髪形。

お姉さんがいるせいか、メイクもばっちりで普通の高校生より大人っぽく見える。

活発で表裏がなく、思ったことはハッキリ言ってくれる大事な友達だ。

「そうだ、菜々美にさっそく朗報があります～！」

「何なに？」

「じゃーん」

そう言って見せられたのは、スマホの画面だった。

そこには、大学生くらいの男の人がふたり写っている。

「これが何？」

「菜々美、合コン行かない？」

「ええっ！」

私はビックリして目を丸めた。

「合コン⁉」

「うん。お姉ちゃんとお姉ちゃんの友達が行くはずだったんだけどね、ライブのチケットが当たって……それもめったに取れないアーティストのライブが！　だから代わりに行ってくれって頼まれたのよ」

「代わりにって、それ、いいの……？」

「こっちの写真はまだ共有してないらしくて、誰が来るかわからないから大丈夫なんだって。それに菜々美、相手は大学生よ！　念願の年上じゃない」

「大学生か……」

私たちが高校二年生だから、むこうが二歳以上、上ってことか……。

「やっぱり年上が一番だよ！　菜々美もほら、元彼のことでちょっとトラウマがあるでしょう？　だから……これをきっかけに新たな恋愛に踏み出してみるのはいいじゃないかなって思って。大学生なら、菜々美が憧れている、大人っぽくて自分をリードしてくれるような人だっているかもしれないじゃない？」

「うーん……」

ちょっと不安だな。

新しい恋なんてできるのかな。

ましてや合コンでなんてイメージがわかない。

そうかといって、いつまでも過去の恋愛を引きずるのも嫌だしなぁ……。

『好きです、俺と付き合ってください』

私はちょうど一年前、彼氏がいた。

同じクラスだった彼——増田景《ますだけい》くんに積極的にアタックされて、勢いに押される形で付き合うことになった。

正直、景くんのことはそこまで想っているわけじゃなかったんだけど、付き合っていくうちに、好きになれたらいいなと思って告白を受けることにした。

でも、それが間違いだったんだ。

彼はありもしないことをクラスメイトに言いふらすようになった。

「菜々美は人の悪口をすぐに言う」とか「結構男のこと物色してる」とか。

気づいたときにはすでに私の悪評は広まっていて、クラスの子からも距離を置かれるようになってしまった。

後から聞いた話だけど、景くんは「菜々美は自分に何でも話してくれる。そのくらい仲がいい」ってことをアピールしたかったらしい。けれど、そのせいで地獄のような学校生活を送るはめになってしまった。

結局景くんとも、微妙な雰囲気になり自然消滅。

それから一年経《た》って、クラス替えがあり、ウワサなんかよりも自分の目で見たことしか信じない！っていうタイプの杏子ちゃんと仲良くなれたからよかったんだけど……。

こうした経験もあってか、恋愛には正直乗り気になれない自分がいる。

「だってさぁ、菜々美には新しい恋をしてほしいじゃん。いい人と出会えたらきっと人を好きになる楽しさがわかると思うの！」

杏子ちゃんが口をとがらせて言う。

そうだよね……。

この一年間、恋愛はもういいやって避け続けてきた。

そんなことしているうちに一歩踏み出すのも怖くなって、恋をするってことに縁《えん》がなくなっていった。

杏子ちゃんも私のためを思って、合コンに参加するって言ってくれたんだろうし、これを機に頑張ってみるのもいいのかな……。

「じゃあ行ってみようかな」

「本当に⁉」

杏子ちゃんはぱあっと顔を明るくさせた。

「でも杏子ちゃんのお姉ちゃんの体《てい》で行くってことは、大学生のフリをするんだよね？　バレないかな？」

「大丈夫でしょ、化粧とかしていけばバレないって！」

大丈夫かなぁ。

杏子ちゃんはともかく、私は本気で大人っぽくしていかないとバレちゃいそう。

「はぁ……楽しみ～！」

杏子ちゃんもしばらく彼氏がいないから、いい人を捕《つか》まえたいってずっと言ってた。

でもはじめて会って、少し話したくらいで好きって思うことあるのかな？

「約束は三日後。駅で待ち合わせして一緒に行こう！」

「うん」

気乗りはしないけど……参加してみないとわからないよね！


ついに合コン当日。

「菜々美、めいっぱいオシャレしてきてね！」

「頑張るよ……！」

私たちは学校が終わると、一度自分の家に帰って私服に着替えた。

清潔感のあるちょっと大人っぽい白いワンピースに、普段履《は》かないヒールを合わせる。そして肩まで伸びた髪を巻いて、ばっちりメイクをして家を出た。

私なりに精いっぱい背伸びしたんだけど……。

「うう、やっぱり歩きにくいな」

慣れないヒールは歩きにくいし、服が自分に合っているか心配だった。

「菜々美、めっちゃ可愛《かわい》いじゃん！」

杏子ちゃんと合流すると、すぐに褒《ほ》めてくれた。

「そうかなぁ、子どもっぽいとか思われそうで……」

「絶対大丈夫だって！　菜々美は可愛い系も似合うけど、こういう大人っぽいのも似合ってるよ」

そうだといいんだけど……。

杏子ちゃん見てるとますます不安だ。

お姉ちゃんは、ヒールの高い靴に肌を露出《ろしゅつ》した格好をしている。

お姉ちゃんの服を借りていて大人っぽいし、大学生と言われても違和感がない。

自分だけ高校生ってバレたらどうしよう……。

合コンの会場となるお店は駅から少し離れたところにある居酒屋だ。

現地集合だったから、私たちは道すがら、設定したプロフィールのすり合わせをした。

「いい？　菜々美、私たちは大学生。この近くにある東都《とうと》大学、経営学部に通ってる大学一年生。サークルはインカレね」

「イ、インカレ？　わ、わかった……！」

「お姉ちゃんから聞いたけど、レポートがつらいって言っておけばバレないって！」
レ、レポート？　宿題のことかな？
正直インカレもよくわからないけど……とにかく杏子ちゃんに話を合わせよう！

＊

「こんにちは～！」

待ち合わせのお店の前にはすでに男の人たちが来ていた。

そこに集まっていたのは三人。

「こっち、こっち！　今日はよろしく」

「よろしくお願いします。人数、二人になっちゃってすみません……！」

「いいよ、いいよ。かわいい子たちが来てくれて嬉《うれ》しいよ」

にぎやかに話すふたりはスマホに写っていた人だ。

「……どうも」

それとは反対にぶっきらぼうに頭を下げるだけの彼。

この人は写真にいなかったような。

「あっ、ごめん。最初、三人って聞いてたから、急きょこいつも連れてきたの」

「そうだったんですね……」

三人目の人、カッコイイ……。

明るめの茶髪で少しくせっ毛なのかパーマみたいに毛先がくるんとしている。

身長も高いし、鼻すじも通っていて、モデルさんみたい。

思わず見惚《みと》れていると、パチっと目が合った。

ペコっとおじぎをするけれど、すぐに顔をそむけられてしまう。

な、無視……⁉　何か感じ悪くない？

――ドキッ。

「カンパーイ！」

それから適当にドリンクと食べ物を注文した。

私たちは当然ジュース。大学一年生の十九歳という設定にしているため、突っ込まれることもなかった。

ドリンクを一口飲んだところで、自己紹介が始まる。

「こんにちは～相澤《あいざわ》です。西京《さいきょう》大学の二年で経済勉強してます」

「俺が笠松《かさまつ》ね、俺も二年でサッカー部入ってます。それとこいつが、清水川《しみずがわ》暁人ね。えっと一年で俺の後輩なの」

笠松さんが隣の彼を指す。

暁人って人は合コンが始まってから口を開いていない。

「こいつは超モテるから！　バレンタインの時だって、クラスの女子が全員チョコ持ってきたんじゃないかってくらい、もらってたよな？」

やっぱりそうなんだ……。

しかし、暁人って人はそっけなく答えた。

「さぁ？」

さぁって……会話する気ある？

笑顔も見せないし、何か……さっきから愛想《あいそ》悪くない？

それとも、もっと持ち上げられないと話したくないとか？

「そんなにモテるなら、暁人さんのファンクラブとかもあったんじゃないですか⁉」

あえて明るい口調で尋《たず》ねてみると。

「別に、そんなのないけど」

……別にって！

カチンとくる心を必死に抑えて笑顔を作る。そして、どうにか話を広げようと質問をした。

「暁人さんは、今日なんで合コンに来たんですか？」

「……来いって言われたから」

はぁ？

そんなこと正直に答える人いる？

この暁人って人……モテるからって、喋《しゃべ》らなくてもどうせ女は自分のこと好きになるだろうとか思ってる⁉

するとお私たちの様子を見かねた笠原さんが慌ててフォローするように言った。

「ああ、菜々美ちゃん……ごめんね！　ほら最初三人って聞いてて……人数合わせなきゃと思って、こいつ無理やり連れてきたんだよ～。普段はもっと笑ったりするんだけど、今日は何か、緊張してるんだよなぁ？　暁人」

「……別に。楽しかったら笑いますけど」

「……！」

その言葉にまわりの空気がさらに凍りつく。

つまり私たちといるのが楽しくないってこと⁉

無理やり連れてこられたにしても、みんなに合わせて笑うくらいできるでしょ？

嫌いだ、こういうタイプ。

モテるからって、何でも許されると思ってる……。

「えーと、じ、じゃあ……もっとふたりのことも知りたいな」

相澤さんは話題を変えるように言った。

それから、杏子ちゃんと打ち合わせた設定で自己紹介をしたけど、大学生と言っても何も疑われることなく話は進んだ。

「それで、こいつがさぁ……」

三人はサークルの繋《つな》がりで仲良くなったらしい。

「レポートあったことは知らねぇとか言ってきて、そのせいで俺は単位落としたわけよ」

「それはお前が勉強しないのが悪いんだろう?」

「あははは
っ」

相澤さんと笠松さんはフレンドリーでたくさん話してくれるのに、暁人って人は終始興味ない感じで、話に入ろうとはしなかった。

何なの、この人……!

それから二時間。

暁人さん以外のふたりとは盛り上がり、楽しい時間を過ごした。


「ごちそうさまでした」

会計をして店を出ると、お酒をハイペースで飲んでいた笠松さんが、かなりでき上がっていた。

「あ~楽しかったぁ。可愛い子と飲めて最高。二軒目行こう、二軒目」

酔っぱらっていて、テンションが上がっているのか、真っ赤な顔で私たちに絡《から》んでくる。

「す、すみません……今日はちょっと用事があるんです」

「ここから歩いて帰れるんでしょ、まだいいじゃ〜ん」

これ以上遅くまでいるとか、さすがにお母さんに怒られちゃう。

「ごめんなさい、本当に帰らないといけないので」

「ええ〜やだ〜。俺もっと菜々美ちゃんと飲みたい〜！」

そんなことを言いながら、私の手を握ってくる笠松さん。

「か、笠松さん。酔いすぎですよ」

うう。お酒の匂い。酔ってるから仕方ないとはいえ、嫌だ……。

「私たちは今日これで……。でもまた会いましょうよ！」

杏子ちゃんが気を利《き》かせて、私と笠松さんを引き離そうとするが、離してくれそうにもない。

「俺さぁ〜菜々美ちゃん気に入っちゃったから、このままお持ち帰りしま〜す」

「ちょっ！」

フラフラになったまま、私に抱き着こうとする笠松さん。

「や、やめてください！」

彼を引きはがそうとした時。

「やめろよ」

——ドキン。

低い声が私の耳をかすめた。

だ、だれ……？

振り返ると、私と笠松さんの間に入ったのは暁人さんだった。

「先輩、嫌がってますよ」

「何だよ〜暁人」

暁人さん……？

「酔いすぎ。先輩は明日も一限あるんでしょ」

「でも俺はもっと飲みたい気分なんだぁ〜」

「単位落としますよ」

そう言って暁人さんは私から笠松さんを引き離すと、笠松さんと相澤さんの身体をぐるっと回転させ、私たちと反対方向に向けさせてくれた。

「さぁ、帰った帰った」

もしかして助けてくれた……？

さっきは全然こっちに関心なさそうだったのに。

ふたりの背中を押し、半ば強引に帰らせると、暁人さんはくるりとこっちを向く。

そしてぶっきらぼうに言った。

「もう遅いから送る」

「えっ」

「夜道に女子ふたりは危ないだろ」

そんなことしてくれるんだ。

な、何だろう……。

私今、ちょっとドキドキしてる。

こっちに興味なさそうだったのに、危ないことがあると助けてくれるなんて。

しかし歩き出しても相変わらず、暁人って人がこちらに話かけたりすることはなかった。

「それで、この間のお笑い番組が～」

「知ってる！　面白かったよね」

私と杏子ちゃんが話しているのを聞いているのかいないのかもわからないけど、ただ黙って隣を歩くだけ。

「ここが私の家です。送ってくれてありがとうございました」

最初に杏子ちゃんの家に着いた。

「菜々美のこと、ちゃんと送ってあげてくださいね～？」

「言われなくても」

杏子ちゃんは私にウインクをすると、家へ入っていった。

ん？　もしかして私が暁人さんのこと、気に入ってると思ってる⁉

暁人さんとふたりきりになり、家までの道を歩く。

正直、何話したらいいのかわからないし、話しかけても適当に返されるだけだろうし……。

そんなことを考えていたら妙に緊張してしまった。

「そっち、危ない」

「えっ」

暁人さんの声で我《われ》に返る。

私はずいぶん道の端っこを歩いていたみたいで。

「落ちるぞ」

私をグイっと引き寄せる暁人さん。

暗くて気づかなかったけど、側溝《そっこう》のふたが段差になっていてつまずくところだった。

「本当だ」

って、急に距離が近くなるから……ドキドキするじゃん！

「ありがとう、ございます」

それだけを言って、暁人さんと並んで歩き出す。

ところが今度は、慣れないヒールを履いていたツケが回ったのか、右足がズキズキと痛み出した。

きっと靴擦《くつず》れだ……。

ヒリヒリして痛い。

「はぁ……はぁ」

あともう少しだから、頑張れ私。

しかし……歩くたびに痛みは強くなっていく。

うう……いくら大人っぽくしなきゃいけないからって、ヒールなんて無理して履くんじゃなかった。

普通に歩くのがつらくなって、右のかかとをかばうように歩く。

涙目で必死に足を上げようとした時、暁人さんは突然立ち止まった。

「痛いならちゃんと言えよ」

彼は私の前にやってくると、そのまましゃがみ込む。

「まったく。こんな高いヒール履いて、合コンごときに見栄《みえ》張ってバカだろ？」

「バカじゃないもん！　そっちこそ、不愛想だし感じ悪いし、そういうのやめたほうがいいと思う」

「……っ」

思わず出た言葉に口をつぐむ。

怒った……？

不安げに彼を見ると。

「っく、はははっ」

暁人さんは立ち上がって笑っていた。

笑った……？

「面と向かってそんなこと言われたの、はじめてだ」

あれ？　怒ってないの？

「ん」

すると、暁人さんは私に背を向けて腰を低くする。

な、何……？

「背中に乗れよ。それじゃ歩けないだろ」

「えっ！」

おんぶしてくれるってこと……⁉

「い、いいよ。重いかもしれないし」

暁人さんならストレートに重いって言いそうだし……。

「早くしろ」

私の腕をつかんで引き寄せると、そのまま背中に乗せてすばやく脚を支えた。

「きゃ、きゃっ！　お、落ちる！」

「落ちねぇよ。つーか、めっちゃ軽いけど？」

軽々と私を背負ってしまう。

男の人におぶられたのなんてはじめて……っ。

「た、高い……怖い！」

「それくらい我慢しろ」

ドキン、ドキンと心臓がリズムを刻む。

冷たい人だって思ってたのに、背中はこんなに温かいんだって気づいた。

なんだか変な感じ……。

「さっきの、怒らないの？」

「なんで？　素直でいいんじゃん？」

──ドキン。

暁人さんって本当に何考えてるかわからない。

「……………」

「……………」

もっと知りたいって思うのに、道案内以外の言葉が出ない。

あっという間に家に着いてしまった。

「ここです、私の家」

もう少し家が遠かったらよかったのにな……。

「ん」

暁人さんはゆっくりと私を下ろすと、向き直る。

「じゃあな」

そう言うとすぐに立ち去ってしまった。

「あっ……まっ」

顔を見てありがとうって伝えたかったのに、言えなかった。

私は去っていく彼の後ろ姿を見つめる。

また会えるかな。

……会えたらいいな。

そう思った時、風が一瞬だけ強く吹いた。

小さく芽生えたドキドキが強く大きく加速する。

それはそんな合図だったのかもしれない——。

キセキのご対面

「はぁ……暁人さん、カッコよかったな……」

合コンの日から一週間が経った。

私は今日も暁人さんのことを思い出して、ため息をついていた。

「菜々美、暁人さんのこと好きそうだって思ったけど、まさかそんなにハマるとはね」

「いやいや最初は何この人！って思ったよ！　でも、送ってくれた時に優しかったから……。合コンでは冷たかったのにあんなギャップ見せられたら、そりゃあ気になるじゃん！」

「はいはい、でもね。お姉ちゃんも暁人さんの連絡先は知らないんだって〜」

「やっぱりそっかぁ」

あの日、連絡先を交換することなく別れてしまった私。

私は高校生で相手は大学生なわけで……。偶然会える可能性は低い。

「うう、どうして連絡先聞かなかったんだ〜」

「聞いておけばワンチャンあるかもしれないもんね。でもあの感じじゃなぁ〜。無理やり連れてこられただけって言ってたし」

確かに、そうだよね……。

彼女探してる、みたいな雰囲気でもなさそうだった。

すごくモテるって言われてたし、実はもう彼女がいるかもしれない。

「はぁ……」

なんでおんぶしてもらった時にいろいろ聞いておかなかったかな。

「会える確率が少ない暁人さんを待ってるより次行こ、次！　合コンも悪くないって思ったでしょ？」

「うん……」

いつまでも引きずってたって会えるわけじゃない。

「今度は私が合コンセッティングしてあげるからさ」

「そうだね……」

私は暁人さんを諦《あきら》めるために頷《うなず》いた。

学校が終わると私は寄り道せず、まっすぐ帰宅した。今日はお母さんから、早く帰ってきてほしいと言われていたからだ。

「おかえり～」

家の中に入ると、お母さんが出迎えてくれる。

いつもは仕事があるんだけど、今日はお休みをもらったらしい。

わざわざ会社を休んでまでする話って、一体何だろう？

カバンを置いて手を洗い、テーブルに用意されたお菓子を食べながら、お母さんが口を開くのを待っていると、案外早くお母さんは話を切り出した。

「菜々美、あのね。大事な話があるって言ったでしょ？」

「うん」

「実はお母さん……再婚をしようと思ってて……」

「……おお！」

私は食べる手を止めた。

両親は、私が小学校五年生のときに離婚をした。

私を引き取ったお母さんは、朝早くから出社して一生懸命働きながらも、お弁当を作ってくれたり、お父さんがいないことに寂しさを感じないようにショッピングに連れ出してくれたり、すごく愛情をかけて私を育ててくれた。

お母さんには感謝してるんだ。

最近、お母さんに付き合っている人がいるってことも、何となくわかっていた。

いずれは再婚したいって言うのかなぁって考えたこともあったけど、まさかこんなに早いタイミングだとは思わなかった。

「相手ってどんな人なの？」

「お母さん、菜々美が友達の家にお泊りする時、一泊旅行に行ったことがあったでしょう？　そのツアーに参加していた人だったのよ。……それで一度菜々美に紹介したいなって思ってるの。どうかな？」

「もちろんだよ！　会わせて！」

お母さんがいいと思った人ならきっといい人に決まってる。

「よかったわ、菜々美がそう言ってくれて。さっそく孝雄《たかお》さんに伝えるわね」

孝雄さんっていう人なんだ。

会えるの、楽しみだなぁ。

そして、お母さんの彼氏と対面する日曜日――。

「ここよ！」

たどり着いたのは、大きな一軒家だった。

「はじめまして。どうぞ上がって」

「こんにちは」

中から出てきた男性は、お母さんと同じくらいの年齢で、とても優しい目をしている。

私たちをリビングに案内すると、ソファに座るよう伝えてくれる。

「改めて、菜々美ちゃん。清水川孝雄です」

穏やかな話し方をする清水川さん。

「菜々美といいます」

「ここまで来るのに私、緊張しちゃって……」

お母さんがつぶやくと清水川さんが言う。

「キミのほうが緊張したのか？　菜々美ちゃんじゃなくて？」

「ふふっ、私だって緊張するわ」

清水川さんとお母さんはとても楽しそうに話をしていた。

「お母さんから聞いているかもしれないけど、僕たちは旅行先で出会ったんだ」

「そう、バスの席が隣同士でね。お互いにひとりで参加していたから、たくさん話せたわよね？」

へぇ、そんな出会いもあるんだ。

お母さん、清水川さんといると安心できるんだろうな。

私につらい顔を見せたことはなかったけど、きっと大変なこともあっただろうから、お母さんにとって頼れる人ができたんだと単純に嬉しかった。

それから私たちは、いろんな話をした。

「だからお母さん虫が嫌いすぎて……遭遇《そうぐう》したらやみくもに叩こうとして」

「アハハハ！　この間もやってたなぁ」

最初ばかりは緊張したものの、あっという間に私たちは打ち解けてすっかり話し込んでしまった。

「菜々美ちゃん、実は薫《かおる》さんとふたりで考えていたことがあってね」

清水川さんはそう切り出す。

そして真剣な口調で続けた。

「菜々美ちゃんが嫌じゃなかったら、ここで家族一緒に暮らさないか？」

お母さんは、再婚したいと思ってるって言ってた。

それはつまり、いずれは一緒になるってこと。

「無理しなくてもいいのよ、菜々美が嫌だったら、お母さん――」

「私は賛成だよ！　お母さん……ずっと私のために遅くまで働いたり、ごはんを作ってくれたり……忙しいのに、全然つらそうな素振《そぶ》りを見せずにいつも笑っていてくれた……。私も、お母さんの幸せを応援したい！」

私がそう言うと、お母さんは涙ぐんでいた。

「菜々美……」

「だから、お母さんをよろしくお願いします」

私はしっかりと清水川さんを見て伝えた。

「ありがとう、菜々美ちゃん。任せてください。お母さんだけじゃない、菜々美ちゃんも安心して暮らせるように責任を持ちます」

「はい……」

私たちは新しい家族として、きっとうまくやれるはず。

「もうすぐ息子が帰ってくるから、紹介するよ」

「えっ、息子⁉」

「おや、薫さん、言ってなかったのか」

清水川さんが驚いたように言う。

「あら嫌だ……私、菜々美に再婚のことを伝えるのに必死で……」

ちょっと待って、息子さんがいるなんて聞いてないけど⁉

すると玄関がガチャッと音を立てた。

「帰ってきたみたいだ」

それって私にお兄ちゃんか弟ができるってことだよね⁉

わ、まだ心の準備が……っ。

「おかえり」

「ただいま」

そう言って姿を見せたのは――。

「え、ええっ⁉」

あの日、合コンで出会った暁人さんだった。

「う、ウソでしょ⁉」

私が大きな声を出すと、彼はこっちに視線を向ける。

「どうしたの、菜々美。知り合い？」

信じられない……そんなこと、ある？

もう会えないって思ってたのに……まさかこんなところで会えるなんて。

嬉しい……っ。

心臓がドキドキと動き出す。

「知り合いだよ」と答えようとした瞬間、暁人さんが私の言葉を遮《さえぎ》った。

「いえ、はじめて会いました」

「えっ⁉」

私は固まった。

ウソ、私のこと覚えてない？

もしかして、もう忘れちゃってる……？

「父さん、座ってもいいかな」

「もちろんだ、お前もいなさい」

ショックを受けていると、暁人さんがカバンを置いてソファに座った。

「改めて私の息子、清水川暁人だ。今、大松《おおまつ》高校の三年生」

じゃあ私のひとつ上だ。

ってあれ、暁人さんって大学生のはずじゃ？

「紹介しよう、再婚するお相手の娘さん、菜々美ちゃんだ」

「よろ、しくお願いします……」

「はじめまして、菜々美ちゃん。兄妹《きょうだい》が欲しかったから妹ができて嬉しいな」

しかもあの日のそっけない感じと違い、笑顔を作って礼儀正しく挨拶《あいさつ》をしている。

やっぱり別人？　ううん、違うよね……？

「うちの子は東都高校の二年生なの」

「へぇ……高校二年生……？」

暁人さんは疑うような眼差《まなざ》しをこちらに向けてきた。

ほら、やっぱり覚えてるよね⁉

「よかった。こうしてみんなでいるだけで幸せだよ」

清水川さんが言う。

「ええ、そうね」

その言葉にお母さんも同調した。

「どういうこと？」

「実はね、結婚の話はもう少し前からあったの。でもふたりは思春期だし……反対されるんじゃないかって不安で……」

そっか、お母さんも私が受け入れてるかどうか心配していたんだ。

「ただ、子どもに寂しい思いをさせるのも気がかりだったんだ。暁人もいろいろあったし……」

いろいろ？

「とにかく、ふたりが再婚に賛成してくれたことが一番嬉しいよ」

清水川さんは笑顔を見せた。

すると暁人さんが言う。

「父さん、僕、菜々美ちゃんと仲良くなりたいから、二階で話をしてきてもいいかな？」

え？

「もちろんだ、行ってきなさい」

「さっそくふたりが仲良くなろうとしてくれて嬉しいわ」

「菜々美ちゃん、僕の部屋においで」

優しく笑う暁人さんに頬《ほお》が熱くなる。

暁人さんは私を二階にある自分の部屋へと案内する。

もう会えないと思っていたのに。

どうしよう、嬉しい……。

こんなキセキみたいなこと、起きるんだ。

聞きたいことがたくさんある。

ふたりで一番奥の部屋に入り、ガチャンとドアが閉まった瞬間――。

「どういうつもりだ」

「へっ」

暁人さんは詰め寄るように聞いてきた。

さっきまでのような笑顔はなく、真顔で淡々と尋ねる。

「高校生なんて聞いてねぇぞ」

「や、それは事情がありまして……」

「へぇ、年齢偽《いつわ》ってまで合コンに来る事情ねぇ？」

「……っ！　自分だってそうじゃん！」

「俺は人数合わせで無理やり連れていかれたんだよ。勝手に年齢も決められて……いるだけでいいって言われたから」

だとしても、まさか高校生だなんて思わないじゃん！

自分より大人の大学生に出会えると思って参加したのに……！

「っていうか、なんで知らないフリするの！」

「どこで会ったかとか聞かれたら面倒だろ」

「それはそうだけど……」

私は口をとがらせて暁人さんを見る。

文句を言ってやろうと思ったけど、久しぶりに見た暁人さん、やっぱりカッコよくて何も言えなくなってしまう。

それに、冷静に考えたらこれから暁人さんと一緒に暮らすってことだよね⁉

キケンじゃない⁉

――『菜々美、こっち向けよ』

グイっとあごを持ち上げられたり……。

――『寂しいなら、俺の部屋来れば』

ひとつ屋根の下、そんなことがあったりしちゃったり……？

ぽっと顔を赤らめながら考えていると、暁人さんは不審そうな顔を向けながら言った。

「何、妄想《もうそう》してんの？」

「い、いや、何も……」

「ふぅん、何も……ね？」

暁人さんはずいっとこっちに迫ってくる。

じりじりと壁に追い詰められる私。

ちょっ、ち、近い……っ！

「こ、これ以上は……」

「これ以上は、何？」

彼はニヤリと笑いながら私を見下ろす。

久しぶりに会ったのに、こんなの……。

もしかして暁人さんも私のこと……？

「顔見せろよ」

グっと顔が近づく。

まるでキスされそうなくらいの距離。

「だ、ダメーッ！」

私はぎゅうっと目をつぶり、声を上げる。

すると――。

「バーカ」

「痛っ……」

突然、おでこにデコピンされた。

「期待してんじゃねぇよ」

「き、期待なんて……！」

余裕な表情の暁人さんと顔を真っ赤にして精いっぱい言い返す私。

この勝負、どちらが勝ちかと問われたら、当然暁人さんだろう。

彼は冷静に言った。

「いいか、これから俺たちは兄妹になる。両親の幸せのために変な気を起こすなよ」

「変な気って……」

「俺を好きになるなって言ってんだよ。親の前では仲いい素振りを見せておいて、親が見ていない間はテキトーに過ごす。別に距離縮めようとしなくていいから」

「えっ、でも……それじゃあ兄妹って言わないような」

「そういうのダルいだけだろ。親に無駄な心配かけたくないし、どうせこの一時《いっとき》だけ一緒に暮らしてるってだけだし……。だからメンドクサイことだけはすんなよ」

それだけを伝えると先に部屋を出ていった。

メンドクサイことって……。

お母さんたちの前でだけで仲のいい兄妹のフリをすればいいってこと⁉

そんなの冷たすぎない？

家族なったんだから、距離を縮めようとするのは普通でしょ！

暁人さんとのドキドキ同居ライフは始まる前からこてんぱに打ち砕《くだ》かれ、それどころか兄妹としても、仲良くなるつもりはないなんて……！

「はぁ……」

せっかくまた会えたと思って嬉しかったのにな。

喜んでいるのは私だけみたい。

これからどんな生活になっちゃうんだろう……。

私は不安のため息をついた。

猫被りの暁人さん

夏休みに入ってしばらくしてから、お母さんと清水川さんが正式に結婚した。

昨日、ふたりで婚姻届《こんいんとどけ》を提出したらしい。

これで私と暁人さんは正式な家族になるってことか……。

「おめでとう！」

「ありがとう、菜々美。早く引っ越しの準備をしないとね」

今はお母さんと引っ越しの準備をしているところ。

籍《せき》は入れたけど、一緒に住むのは後からでいいと清水川さんは伝えてくれた。

夏休みの間に引っ越しをして、新学期には清水川さんの家から登校できるように進めている。

『薫さんと菜々美ちゃんの準備ができたら住み始めるといいよ。家族になったんだから、何かあったら遠慮《えんりょ》なく言ってね』

清水川さんは私たちのことを気遣ってくれる。

困ったことは全くない。

唯一あるとすれば――。

『俺を好きになるなって言ってんだよ。親の前では仲いい素振りを見せておいて、親が見ていない間はテキトーに過ごす。別に距離縮めようとしなくていいから』

暁人さんのことくらいだ。

あんな人とどうやって家族になれっていうんだろう。

少しも想像がつかない。

あの日以来、私が暁人さんに会うことはなかった。

杏子ちゃんにはお母さんが再婚したことを伝え、同時に兄ができたことも言った。

最初は「そうなの？　おめでとう」くらいだったけど、兄が暁人さんだったことを伝えたら、ビックリして質問攻めにされたっけ。

そりゃいろいろ聞きたくもなるよね。

でも私はまだ暁人さんのことをほとんど何も知らない。

兄妹になるわけだし……私は私のやり方で距離を縮めていくもん。

そして――夏休み最終日。

「今日からよろしくお願いします」

清水川さんの家で、本格的に新しい家族としての生活がスタートする。

「ようこそ。ふたりが来ること楽しみにしてたよ。菜々美ちゃんの部屋は暁人の部屋の隣だから、好きに使ってね」

「はい！」

当日は清水川さんと暁人さんがそろって出迎えてくれた。

「部屋は僕が案内するよ。菜々美ちゃんおいで」

「う、うん……」

暁人さんは私を二階へと連れていく。

彼は言っていたとおり、両親の前では優しいお兄ちゃんを演じた。

でもそれは表向きの顔で、ふたりきりになると一変する。

「そっちがお前の部屋。俺の部屋には勝手に入ってくんなよ」

まるで別人みたいだ。

「そっちこそ！」

「はぁ？　まじで興味ない」

絶対に仲良くできないんですけど……！

「今日、お前たちの歓迎会をするから、親の前では感じよくしろよ。後はどうでもいいから」

「どうでもいいって何⁉」

感じよくしろ、はこっちのセリフなんですけど？

この日は暁人さんと清水川さんが料理を作ってくれて、荷物の準備はそこそこに、すぐに食事をすることになった。

暁人さんが料理なんて、キャラじゃないな……。本当に自分で作ったのかな？

出てきたのはシーフードグラタンにトマトが入ったおしゃれな冷製スープ。そしてトッピングがいっぱいのサラダ。すごい！

「美味《おい》しいわ……。親子で料理を作るなんて仲がいいのね」

「暁人が上手いからな。僕が教えてもらいながらやったんだ」

暁人さんのほうが上手なんだ……。

みんなでごはんを食べながら和《なご》やかに話をする。

「菜々美ちゃん、まだ僕のことを無理にお父さんと呼ばなくてもいいからね。新しい環境に慣れていくのに大変だろうから、気を遣わず、自分の好きなように暮らしてほしいんだ」

「ありがとうございます」

優しいな、清水川さん……。

私はお母さんの仕事の関係で、ひとりで食事をとることが多かったから、みんなでごはんを食べるのは久しぶりだ。こういうにぎやかな生活がずっと続くのかなと思ったら、すごくワクワクした。

やっぱり食事はたくさん人がいたほうが楽しい。

すると暁人さんが切り出した。

「僕は、小早川《こばやかわ》さんを、お母さんって呼んでもいいですか？」

「えっ」

意外だ……。

仲良くするつもりはないって言ったのに、案外受け入れ態勢《たいせい》なんだ。

「ありがとう、暁人くん！　どんどん呼んでね」

「はい、お母さん」

「まあ、暁人くんったら」

お母さん嬉しそう……。

清水川さんも、ああは言ったけどいつまでも苗字で呼ばれたら寂しいだろうな。

私も早いうちにお父さんって呼びたい。

そんなことを考えていると、暁人さんが切り出した。

「はじめて会った時は緊張したけど、菜々美ちゃんはいい子だし、妹になってくれてよかったと思ってる」

ええっ！　う、ウソつき……！　そんなこと思ってないクセに。

疑いの眼差しを向けるけれど、暁人さんはガン無視。

彼は明らかに両親の前で猫を被《かぶ》っている。

どういうつもり……？

食事を終え、片付けをして階段を上がっていると後ろから暁人さんもやってきた。

「おやすみ」

そう声をかけたのに、無視して私を追い越す暁人さん。

ちょっと、おやすみくらい言えないの⁉

イライラが募《つの》った私は、暁人さんが部屋に入る前に言った。

「猫被り！」

「ああ？」

気に障《さわ》ったのか、こっちを睨《にら》んでくる。

でも負けない！

「面白いよね、『菜々美ちゃんはいい子』なんて思ってもないこと言っちゃって」

「ああ言ったほうがふたりとも喜ぶだろ」

「お父さんとお母さんのためにウソ言ったってこと⁉」

「それ以外に何があんの？」

何それ……。

口先だけで喜びそうなことを言うって、どっちにも失礼じゃない？

「そうやって取り繕《つくろ》われても嬉しくないだろうし、いつかお父さんもお母さんも気づくと思うけど」

私がそう言うと、暁人さんは不満そうな顔をしながら言った。

「説教とかいいから。親の前じゃないんだからもう話しかけないでくんね？」

暁人さんはそれだけを言い残して、部屋に入ってしまった。

な、何よ……！　もう！

何か合コンの時よりも冷たくなってない⁉

あーもう、なんで会いたいなんて思ってたんだろう。

こんな冷たい人と兄妹にならないといけないなんて、本当最悪。

私はふんっと鼻を鳴らして自分の部屋に戻った。

＊

翌日。

朝起きて準備を終え、家を出ようとすると、リビングに朝ごはんが用意されていた。

お父さんは、今日は朝から会議があるらしく、先に会社に行ったらしい。

あれ……？　暁人さんの分がまだそのまんま残ってる。

「暁人さんは？」

「それがまだ寝てるのよね……菜々美、起こしてきてもらってもいいかしら」

時刻はもうすぐ八時になる。

これ以上寝ていたら遅刻は確定だ。

仕方ない。昨日はあんなこと言われたけど、起こしてあげたら少しは改心するかもしれないし。

「わかった」

私は二階に上がって、暁人さんの部屋のドアをノックした。

しかし、反応はない。

うーん、ぐずぐずしてたら暁人さん学校に遅れちゃうし……。

私はそっとドアを開けた。

ベッドにそっと近づいていくと、すやすやと寝息を立てている暁人さんがいる。

気持ちよさそう。

それに。

「綺麗《きれい》……」

まつげが長くて、整った綺麗な顔。

肌もツヤツヤしているし、うう、悔《くや》しいけどやっぱりカッコイイ……。

私は指先でちょんちょんっと顔を触《さわ》ってみた。

「ふふっ」

しかし、暁人さんはピクリともしない。

朝弱いタイプだなんて知らなかったな。

眠っている姿がだんだん可愛いらしくも見えてきた。

もう一度いたずらしようと手を伸ばした時、はっと我に返り時計を見ると、八時を回っている。

「暁人さん、起きて！　学校遅刻するよ」

ゆさゆさと身体を揺さぶる。

「ねぇってば！」

なかなか起きない暁人さんに身を乗り出して声をかけた瞬間——。

「ん……クーラー、さむい」

「きゃあっ！」

私はものすごい力で暁人さんのベッドの中に引き込まれた。

「ちょっ、暁人さ……！」

暁人さんは私を抱き枕のように後ろからぎゅうっと包み込む。

こ、これはマズいって……！

「ん……ぅ」

「お、起きて！　暁人さん」

「……さむ、い」

「ちょっと……！」

暁人さんに声をかけても、さらに抱きしめる手が強くなるだけ。

こ、こんなところお母さんに見られたら……！

「菜々美⁉　変な音聞こえたけど、大丈夫そう？」

──ドキッ。

「だ、大丈夫。何もないよ。すぐに起こすから」

私は慌てて声をかけた。

「暁人さん！」

もう、何も知らないで……！

強く押し返したら、ようやく暁人さんの目がゆっくりと開いた。

「ん～……っ、何だうるせぇな」

「早く起きて！」

今の状況を見た暁人さんは、気だるげに言い放つ。

「朝から何襲《おそ》ってんの？」

「へっ……」

なんでそうなるの！

「違うから！　暁人さんが私を布団《ふとん》の中に引き込んで──」

「あのさー……男に飢《う》えてるからって兄ちゃん襲うなよ」

「なっ……」

「よっきゅーふまん」

暁人さんはそう言うと、ベッドから立ち上がり、ひとりで階段を下りていった。

な、な、何ですと⁉　誰が欲求不満よ！

せっかく起こしてあげたのに！　もう絶対起こしてあげないんだから！

暁人さんを置いて、プンプンしながらひとり学校に向かったのだった。

ドキドキとイライラの同居生活

あれからさらに二週間が経った。
暁人との生活は、絶対に慣れることはないと思っていたんだけど……。
案外しばらくすると、一緒に暮らすことは自然になっていった。
昼間はお互いに学校があるし、大学受験を控える暁人も週に三日は塾に行ってい
て、塾のない日は自習室に立ち寄るから帰宅は十九時頃。
夜ごはんを食べ終わると、すぐに自分の部屋に行ってしまうし、そこから私が寝
るまでほとんど部屋から出てこない。
朝、暁人が起きてこない時は、起こしに行くものの……。
暁人の寝起きの悪さを知ったので、いつも起こす時は、完全防備。
決して近寄らないように注意しながら、クッションや側《そば》に置いてある制服を取っ
て、それらでポンポンと叩《たた》いて起こすようにしてる。
『痛てぇ』

時々間違えて顔を叩いちゃう時もあるけど、それは自分が寝坊しているせいだと反省してほしい。

『んだよ〜〜』

決まって暁人の寝起きは悪い。

とはいえ、私は暁人を起こした後すぐに学校に向かってしまうから、関わることはほとんどなかった。

この二週間で唯一変わったことといえば……。

「お父さん、新聞置いておくね」

「ありがとう、菜々美ちゃん」

私は清水川さんのことをお父さんと呼ぶようになったということ。

後は……あれかな。

「菜々美、牛乳取って」

「うん、いいよ……あ、暁人……私の髪ゴム使ってる！」

「借りる」

「ちょっと返してよ！」

暁人と私がお互いに名前で呼ぶようになったことくらい。

これは暁人からの提案だった。

私が〝暁人さん〟と呼んでいたら、「いつまでもそんな呼び方だと、距離があると思われる」と、呼び捨てにするように言ってきた。

私は正直どっちでもよかったけど、暁人は私が考える以上に、家族の幸せを大事にしたいらしい。

だからってね……ふたりきりになったら、仲良くするつもりはないとか言うのはどうかと思う。

だってそんなの形だけじゃん。

＊

夜、家族そろって食事をしていた。

暁人もこの日は、塾がないみたいで帰りも早く、久しぶりにみんなが食卓に顔を合わせる。

学校での話をしたり、お父さんの仕事の話を聞いたりして盛り上がっていると、暁人が切り出した。

「菜々美、いつもお母さんにごはん作ってもらってるから、今度の土曜日は僕たちが父さんと母さんに料理を振る舞うのはどうかな？」

両親の前限定の優等生、暁人が提案する。

「い、いいけど……」

どういう風の吹き回し？

暁人は私たちふたりきりの時は、私と関わろうともしなかった。

急にそんなこと言ってくるなんて変だな。

「まぁ〜！　兄妹すぐに仲良くなってくれて、お母さんもお父さんも嬉しいわ」

「本当に親の都合で振り回したのに、ふたりには感謝しないとな」

「そんな風に思わなくていいよ」

暁人の思惑はよくわからないものの、お父さんとお母さんが喜んでくれてよかった。

よし、張り切って料理作っちゃうぞ！

食事を終えて、二階に上がると暁人も後からやってきた。

「それで、さっきのはどういうこと？」

「あ？」

「一緒に食事を作るって。私と話したくありません、みたいなオーラ出してたのに珍《めず》しいなと思って」

「決まってんだろ、パフォーマンスだよ」

「パ、パフォーマンス⁉」

「父さんと母さん、嬉しそうだったじゃん。ああやって定期的に安心させてやるのが親孝行ってものだろ」

何それ……。

「そんな偽りの姿を見せることを親孝行なんて言わないよ！」

「うるせぇな、菜々美に何がわかるんだよ」

いつもは「はいはい」って私の言葉を流すのに、今日は珍しくつっかかってくる。

「見せかけだけじゃなくて、普通に仲良くすればいいじゃん！　私たち兄妹になったんだからさ」

すると暁人はじりじりと近づいてきて、私を壁際に追い詰めた。

「な、何……？」

「お前の浮かれた思考には呆《あき》れるわ」

その顔はいつもと違って、真剣な顔だ。

「そうやってさ、どんなに頑張っても本当の兄妹にはなれないってわかんねぇ？　無駄なんだよ全部」

「暁人……」

どうしてそんな寂しいこと言うの？

「俺は父さんが幸せになってくれれば後はどうでもいい。不安にさせないために、お前のことだって遠慮なく使う。ただそれだけだ」

「使うって……」

まるで道具みたいに。

「お前もそうすれば？　これで面倒なことはなくなるんだから」

私だって、お母さんの幸せを壊すような真似《まね》はしたくない。

気持ちは同じなのに、どうしてこんなに相容《あいい》れないんだろう。

それに……。

『そうやってさ、どんなに頑張っても本当の兄妹にはなれないってわかんねぇ？　無駄なんだよ全部』

本当にそう思ってるの？

暁人……すごく寂しい顔してた。

暁人との関係がギスギスしたまま土曜日がやってきた。もちろん、両親の前ではニコニコ笑っているけれど。

お母さんとお父さんには出かけてもらって、その間に料理を作ることになった。

暁人の提案で、イタリアンを振る舞う予定だ。

「料理は俺が全部やるからお前はどっか行ってろ。一緒に作ったことにすればいい」

「そんなウソつきたくない！　私もやるもん！」

「邪魔《じゃま》だからいい」

「絶対どかない！　とにかく私もやるんだから！」

じっと睨み合うと、暁人は私の頑固《がんこ》さに負けたようで、ため息をついた。

「じゃあパスタゆでたから、あとやって」

「オッケー！」

勝ったぞ！

「え〜っと、ゆでたパスタを水で洗ってっと……」

「おい、お前何やってんだ!?　水で洗うな、そうめんじゃねぇんだぞ！」

「え、えっと……っ？　じゃあもう一回、鍋《なべ》に戻してゆで直してっと……」

「戻すな！　そんなことしたらまずくなるだろ？　とにかく動くな！　いいか！」

「は、はい……」

暁人は料理が慣れているのか、すごく手際が良い。

一方私は全然……。

「アボカドを切るね！　ふんっ、硬い！　切れない……アボカドって軟《やわ》らかいはずなのに」

「アボカドは真ん中にデカい種があんだよ。そんなのも知らないのか！」

何をしても暁人に怒られてしまい、「使えねぇ！」と言われてしまう始末。

「お母さんが料理得意だったから、私はやったことなくて」

「怠惰《たいだ》だな」

「う……」

ごもっともです……。

でも私だってお母さんの血を引いているんだから、できるはず……！

「ちょっとどいて、私もやる！」

少しでも役に立とうと、私はスープの入った熱々の鍋を触った。

「熱っ……！」

「バカ、何してんだ」

暁人はかけ寄ってくると、私の手を取り流水で冷やしてくれた。

「ご、ごめん」

「すぐ冷やさないと痕《あと》が残るだろ」

「あ、ありがと……」

――ドキン、ドキン、ドキン。

心臓が大きく鳴り出す。

いつも冷たくて意地悪なのに、こういう時は優しいから調子が狂う。

はじめて会った時もそうだった。

合コンでは全然話す気なさそうで失礼な態度を取っていたのに、怪我《けが》した私をおぶってくれて……すごく優しかった
まるであの日に戻ったみたい。

暁人は冷蔵庫から氷を取り出し、袋に詰めると、それで手を冷やすように言う。

「ぶきっちょは座ってろ」

そして私をソファに座らせると、ひとりでキッチンに立った。

私が手伝っている時よりも、さくさくと料理を作ってお皿に盛り付けていく。

すごいなぁ……。

「暁人は、料理……どうやって覚えたの？」

男の子が高校生でこんなにできるって珍しいよね。

彼は料理をする手を止めることなく答えた。

「普通に独学。小さい頃から母さんいなかったし、父さんのために自分ができることはないか考えて……。父さん、料理下手でさ、一生懸命作っては失敗して落ち込んでたから、俺が代わってやれたらと思った」

そうだったんだ……。

暁人も小さい頃にお母さんと離れ離れになった。

きっと寂しいって気持ちもあったはずだよね。

だから頑張っても本当の兄妹にはなれない、なんて言ったのかな。

私たちにとって本当の家族は、今まで育ててくれたお父さんとお母さんなわけで。

すぐには家族の代わりになれないことは私もわかってるんだ。

「私もさ……お父さんとお母さんが離婚した時はすごく寂しかった。今でも時々思い出すし。でもお母さんのことを悲しませないためには、笑っていなきゃってずっと思ってた」

小さな背中でやるせない気持ちを背負いながらも、笑顔を見せる。

お母さんが悲しまないように。

子どもながらに、ちゃんと考えていたんだ。

「私たち、お互いの気持ちがわかるでしょ？　だから寂しさもこれからは半分こにできると思うんだ」

「………」

暁人は何も言わない。

「暁人は、私と本当の家族にはなれないって思ってるかもしれないけど……私は暁人が苦しい時は支えてあげたいって思ってるよ」

目を見てそう伝えると、暁人はやわらかく笑った。

「料理もできないダメ妹に、支えるなんてことできんのかよ」

——ドキン。

今、一瞬暁人が優しい顔した……。

「り、料理は……練習します……」

暁人ってこんなに優しい顔するんだ……。

「つーか、そんなに俺と仲良くしたいわけ？」

「そ、そりゃそうでしょ！　だって兄妹になったんだから」

「兄妹、ねぇ」

暁人の顔はいつの間にか、意地悪な顔になっていた。

「ちょっ、近いって……」

暁人はソファに座る私の側まで来ると、さらに距離を縮めてくる。

「暁人……？」

私と目を合わせるように顔を近づける。

ソファの後ろは壁。

前は暁人。

逃げる場所がなくなった。

すると、私の耳元で暁人はささやいた。

「じゃあなぐさめてよ」

――ドキン。

暁人の色っぽい声が耳の中に流れ込んでくる。

「な、何……」

「男子高校生をなぐさめるつったら、アレしかねぇだろ？」

「へっ」

暁人は私のあごをグイっと持ち上げる。

「菜々美。身体使ってなぐさめてくんね？」

か、身体⁉

「ちょっ、何しようと……」

ゆっくりと暁人の顔が近づいてくる。

ち、近い近い近い……！

「……だ、ダメ！」

キスされる！

私が思わずぎゅうっと目を閉じると……。

「ん、ぐ」

口の中には甘酸っぱいトマトソースの味が広がった。

「へ……？」

ゆっくりと目を開けてみると、目の前にはスプーンを持った暁人がいた。

「何……」

「何って味見だけど」

味見⁉

「菜々美、全然仕事してないから、これくらいはやらせようと思って」

だったら身体を使うとか変なこと言わないでよ！

真っ赤に染まった私の顔を見て、暁人はニヤリと笑った。

「ウブだな、菜々美ちゃんは。こんなんでお兄ちゃんにドキドキしてたらダメだろ」

「だって急に変なこと言うから……！」

「背伸びして合コン行く前にやることがあるんじゃね？」

「何よ、バカにして！」

「ふっ」

わ、また笑った……。

いつもクールで表情を変えることはないけど、すごく優しい顔して笑ってる。

もしかしたら、ほんの少しだけど暁人との距離が縮まったのかもしれない。

「トマトソース美味しかっただろ？」

「うん、美味しいけど……」

それどころじゃないよ。

暁人の笑った顔が目に焼きついて離れない。

この高鳴る鼓動は何を示しているんだろう。

恋のトラウマ

私たちの作った（ほとんどは暁人が作った）夕飯をお父さんとお母さんは美味しいと言って食べてくれた。

子どもたちが作ったものを食べられるなんて幸せだって言いながら、お母さんは涙をこぼしていて……。

「大げさだよ」

そう言いつつも、私は心の中で絶対にお母さんの幸せを守るんだと誓った。

それからの暁人はというと……相変わらずクールだし、夕飯を終えたら自分の部屋に入ってしまうんだけど、前よりも丸くなったような気がする。

もちろん、ほんの少しだけど！

昨日だって、私の分のアイスを部屋まで持ってきてくれたり、洗い物の当番を変わってくれたり……。

まぁ、たぶんそれは、いい兄を演じるためもあるんだろうけど。

いつかいい子の仮面が外れて、お父さんやお母さんの前でも本当の暁人を出せるようになったらいいな。

「それで、それで⁉　暁人くんとの関係をもっと教えなさい！」

学校に着くとさっそく杏子ちゃんが待ち構えていた。

というのも、昨日杏子ちゃんと下校している時に塾へ向かう暁人とすれ違ったからだ。

「本当に兄妹になったのね。ふたりのやりとり見て、なんか家族って感じがした！

暁人くんってあんなに喋《しゃべ》るタイプじゃなかったじゃない～！」

「昨日、そんなに喋ってたかな？」

『そういえば、洗濯取り込むの忘れて出てきちまった。菜々美。取り込んどいて』

『わかったー！　塾頑張ってねー』

会話はこれくらいだった気がする……。

特に前と変わらないと思うんだけど、杏子ちゃんからすると違うらしい。

「私には擦《す》れてましたし？」

「ああ、あれね」

暁人は杏子ちゃんを見るなり、『先日はどうも、詐欺《さぎ》ってくれまして？』なんて毒を吐いていた。

「詐欺ってそっちもなんですけど‼」

杏子ちゃんは納得がいかないみたい。

「でもさぁ……感動したよ」

「感動？」

「うん、だってさぁ、あの誰にも心開きません、みたいな顔してる暁人くんが、菜々美にはちょっと心を許してるように見えたのよね！」

そうなの、かな。

あんまり実感はないけど……。

「で、実際のところどうなの？」

「えっ」

「兄妹になるって聞いた時はそりゃぁ驚いたよ。でも菜々美の好きだった人なわけじゃない？」

合コンの後、私は暁人に会いたくて仕方なかった。

ずっと彼のことが頭から離れなくて……。

あの気持ちは確かに恋だったんだと思う。

でも突然兄妹になってしまった。最初は動揺したけど、今は家族として仲良くしたいって思っている。

「もう嫌だなぁ～杏子ちゃん！　私たちは兄妹なんだから、恋愛感情なんてすぐ忘れちゃったよ！」

だから暁人への想いはなかったことにする。

「本当にそれでいいの？」

杏子ちゃんは真面目《まじめ》な表情で聞いてきた。

「久しぶりに恋して菜々美、キラキラしてた。兄妹だからって理由で恋愛感情押し殺したら、そのあと苦しくなったりしない？」

「元々そんなに本気じゃなかったし、ほら、杏子ちゃんだって次行こうって言ったじゃん」

「それはまぁ……」

「いいの！　私ね、お母さんがあんなに幸せそうな顔をしているのをはじめて見たんだ。私と暁人がいい関係でいてくれて嬉しいって言ってて、その幸せを壊したくないって思ったの」

幸い、暁人のことはいいなって思ったくらい。

ずっと片思いしていたとかじゃないし……忘れることも簡単にできるはず。

お母さんの幸せと自分の恋愛を天秤《てんびん》にかけたら、私は圧倒的にお母さんに幸せになってもらいたいもん。

「今はほら、生活がバタバタしてるし、恋愛はしばらくいいや！」

そんな話をしていると、教室のドアが勢いよく開いた。

見てみると、そこには前付き合っていた景くんが立っていた。

景くんを見るとどうしても気まずくなってしまい、とっさに下を向く。

しかし。

「菜々美──！」

なぜか彼は私の名前を大きな声で呼んでいる。

「菜々美、あれ景くんだよね」

「う、うん……」

正直もう顔も見たくない相手。

クラスも違うし、別れてからは一度も話すことがなかったんだけど……一体何の用だろう？

うつむいていると、景くんのほうからこっちにやってきて、何事もなかったみたいに話しかけてくる。

「なぁ、菜々美。これさ……返すよ」

そう言って差し出されたのは、私が景くんと付き合っていた時に貸した消しゴムだった。

「か、貸してたっけ……」

「懐かしいだろ？　部屋掃除《そうじ》したら出てきたからさ」

「あ、ありがとう」

私が目を見ないようにして取ろうとすると、手をひゅっと引っ込められた。

「菜々美、なんか雰囲気変わった？　可愛くなった気がする」

「いや……」

早く帰ってくれないかな。

菜々美って呼ばないでほしい。一年前の苦しかったことを思い出して嫌なんだ。

すると杏子ちゃんが景くんの持っていた消しゴムを取り上げた。

「返してくれてありがとう。授業始まるからまたね～！」

半《なか》ば強制的に追い出すと、彼は不服そうな顔をしながら去っていった。

「ありがとう杏子ちゃん……」

「全く、消しゴムなんて今さらいらないっつーの！　それより大丈夫だった？」

「うん、大丈夫だよ」

一年生の頃、同じクラスだった景くん。

少しチャラいタイプだけど彼は男女共に友達も多かった。

教室で突然公開告白をされた時、みんなが盛り上がっている手前断れなかったし、付き合ってみたら好きになれるかもしれないと思った。

だけどそれが地獄の始まりだった。

『菜々美～、彼氏様が迎えに来たよーん』

ふたりでいる時はたくさん笑わせてくれたけど。

友達の前にいる景くんは……。

『菜々美ってさ、大人しそうに見えるけど付き合うとグイグイで、自分から手とか繋いできたし』

ウソばっかり。

『しかも俺が他の子可愛いって言うと、ヤキモチ焼いてそいつの悪口めっちゃ言うんだぜ？　基本、女子は敵みたいな？　俺って愛されてるよなぁ～』

ペラペラとみんなの前でウソをつく。

景くんの周りは友達がたくさんいるから、すぐにみんなは彼の言葉を信じた。

そしてウワサは広まり……。

『菜々美ちゃんと一緒にいると悪口言われるから嫌だ』

『あ、ちょ……っ』

『みんな、行こう』

私は孤立した。

ひとりぼっちになった私を見て、景くんは助けてくれるわけもなく、友達と笑っているだけ。

我慢できなくなって、私は別れたいと一方的に告げて逃げることにした。

メッセージが来ても返さず、彼から逃げ続けて自然消滅みたいな感じで終わったんだ……。

それから二年になるまでは、教室の移動もお弁当もひとりの生活。

クラス替えで杏子ちゃんと一緒になってからは、学校生活も楽しいなって思うようになったけど……今でも景くんの友達は私のことをよく思ってないみたい。

「もう、次また来たら強めに追い返してあげるからね！」

「ありがとう〜杏子ちゃん！」

はぁ、忘れたいのにまた思い出しちゃった。

私は消しゴムを制服のポケットにしまった。

＊

学校が終わり放課後。

まっすぐに家に帰ると、すでに暁人が帰っていた。

「早かったね」

「テストだったからな」

そうだったんだ……。

今日は塾もないらしく、家にいるみたい。

「あ～、テスト明日まであるの、ダリィわ」

暁人の通っている高校は私の学校よりも偏差値が高く、授業時間も長かったりする。

テストも難しいって聞くし、大変そう……。

なぜか今日はリビングで勉強をしていた。

「暁人、自分の部屋に行かないの？」

「気分転換」

その時、杏子ちゃんの言葉がよみがえった。

『あの誰にも心開きません、みたいな顔してる暁人くんが菜々美にはちょっと心を許してるように見えたのよね！』

少しは打ち解けてくれるようになったのかな？

「あ、ヤベ。間違えた……菜々美、消しゴム持ってね？　これ小さくて使いづれーの」

「これ使っていいよ」

「サンキュー」

私は景くんから返された消しゴムを差し出すと、麦茶を取りに冷蔵庫に向かった。

冷たい麦茶を飲んでいた時、暁人が尋ねる。

「景って誰」

――ブッ!!

私は思わず噴き出してしまった。

なんで暁人が景くんのこと……!

「好きなやつ?」

「そんなわけないでしょ……っていうかなんで知ってるのよ」

「だってここに書いてあるし」

私の言葉に暁人は小さな紙を見せてきた。

「消しゴムケースの間に挟《はさ》まってた」

中に書かれていたのは……。

【まだ菜々美のこと好きだって言ったら、どうする?　景より】

という文字。

何、これ。

からかってる？

じわじわと不快な気持ちになっていく。

「返して」

私が取り上げようとすると、暁人は高く紙を持ち上げた。

「ちょっと！」

「へぇ、菜々美みたいなお子ちゃまでもモテたりするんだな」

「失礼な……！　私だってそういうのくらいあるから！」

めったにないけど！

「で、こいつのこと好きなの？」

「そんなの、いいでしょ！　返してってば！」

「答えなきゃ返さない」

ドキッ。真面目な顔で伝える暁人。

私が取り上げようとすると、立ち上がって背伸びしても届かないようにした。

「暁人には関係ないでしょ！」

「あるだろ、オニイチャンなんだから家に変なやつ連れてこないようにしないと」

グイっと前のめりになった瞬間。

「おい、危な……っ」

「……っ、ぅ」

お互いに体勢を崩して倒れ込んだ。

「痛た……」

目を開けてみれば、私は暁人に乗り上げるように手をついて、暁人の顔がすぐ近くにある。

「襲わないでくんね？」

「きゃ、きゃあっ！」

慌てて離れようとすると、暁人はニヤリと笑った。

「ふっ、そういう反応してると経験ないってバレるぞ」

そして、耳元でそうつぶやくと、私の身体ごとぐるりと反転させた。

「ちょっ、暁人……何して！」

今度は私が暁人に見下ろされる体勢になる。

「オニイチャンが手取り足取り教えてやろうか？」

ギシっと身を乗り出した暁人は私との距離をグっと縮める。

「だ、ダメ……！」

「本当に？」

ドキン、ドキンとうるさい心臓。

ドキドキしたら、ダメなのに！

こんな体勢で……こんなに近い距離……耐えられない。

ぎゅっと目を閉じる。

「求めてるんじゃねぇの？」

「ち、ちが……」

「いいよ。知りたいこと、全部教えてやるけど？」

私が声を上げようとした時、暁人のくすくす笑う声が上から聞こえてきた。

暁人……？

目を開けると、暁人はお腹を抱えて笑っている。

「ふっ、顔真っ赤。やっぱり菜々美からかうのおもしれー」

「やめてよ、もう！」

私はドンっと暁人の肩を押す。

そして立ち上がり、自分の部屋に逃げるように走り去った。

「はぁ、はぁ……」

心臓がまだうるさい。

あんなことされたら、誰だってドキドキするに決まってるのに。

ほてった頬を手のひらで包み込んで冷やす。
だいたい普通の兄妹でもあんなに近い距離感でいるものなの？
私、この先平常心でいられる自信がない。
「暁人の……バカ」
ポツリとつぶやいた時、ポケットから景くんの手紙が床に落ちた。
紙を開き、改めて中身を確認する。

【まだ菜々美のこと好きだって言ったら、どうする？　景より】

私がこれに反応したら、またネタみたいに話すんだろう。
もうほっといてくれたらいいのに。
景くんと付き合っていたのはたった三カ月だけ。
こんなに嫌な思いをするなら、告白なんて受けるんじゃなかった。
「はぁ……」
私、この先新しい恋愛、できるのかな。
せっかく久しぶりに人を好きになれたって思った。
そしたら、兄妹になってしまうなんて、想像もできないよね。

私はスマホの写真フォルダを何気なく開いて、アルバムをさかのぼっていた。

杏子ちゃんがインカメで撮ってくれた合コンの日の写真が出てくる。

みんなで写っている写真と、暁人のワンショットの二枚がある。

暁人の写真は杏子ちゃんが隠し撮りしたものだ。

杏子ちゃんは、私が暁人を気に入っているとすぐに気づいたと言っていた。

この時は兄妹になるなんて思いもしなかったな。

暁人、ダルいって顔してる。

合コンの時の態度は最低であり得ない！って思ったけど、帰りは優しさを見せてくれた。

おぶられている時、この人いいなって思ったのにね……。

まさか兄妹になっちゃうなんて……。

──バン！

そんなことを考えていると、突然私の部屋のドアが開く。

「きゃあっ！」

悲鳴を上げて振り返ると、そこにいたのは暁人だった。

「母さん帰ってきたぞ。アイス買ってきたから菜々美にも持っていってやれって」

暁人はふたつくっついているアイスをパキッと割り、ひとつは口に入れていて、もう片方を私に差し出してきた。

「ノックしてよ！」

「はーん。いかがわしいことでもしてたわけか」

「なんでそうなるの？」

「だって今、俺が入った時スマホ隠したろ」

そ、それは……。

「ビックリしただけだよ！」

「どれ？」

「あっ！」

暁人は私の手からするりとスマホを取り上げた。

画面には暁人のアップの写真が映っている。

「何、これ。俺……？」

暁人は目を瞬《またた》いた。

「なんで俺？」

マズい……！

「ち、違う……。その写真はさっき杏子ちゃんが、からかって送ってきただけで」

変に言い訳するから、目が泳いでしまう。

「そんな写真見て、何してたわけ？」

そんな私を暁人は逃がさないとばかりに真顔で追及してきた。

どうしよう……。

合コンの時、暁人のこと気になってたのバレちゃう！

「こ、これは！　あれだから！」

私はとっさに言った。

「暁人モテそうだから、友達に紹介してあげようかなって思って。ほら、彼女とかいないなら私の友達とかどう？」

「はぁ？」

じとっとした目を私に向ける暁人。

「余計なお世話。別に今、彼女とかいらねぇし」

よかった……なんとか誤魔化《ごまか》せた。

「てか、暁人今、付き合ってる人いないの？」

「いない」

「へぇ～。笠原さんたちもモテるって言ってたのに、意外」

「こんな手のかかる妹ができて大変なのに、彼女作る余裕なんてないだろ」

「なっ……！　私そんなにめんどくさくないし！」

「自覚なし？」

「何よ、もう！」

こんな言い合いをするけれど、前よりは暁人の言葉にトゲがなくなったような気がする。

杏子ちゃんの言うように、兄妹としての距離はちょっとずつ縮まっているのかもしれない。

「そういえばさ、暁人ってどういう経緯で合コン来ることになったの？」

「笠原さんたちは、中学の部活の先輩。サッカーやってた時の」

暁人がサッカー⁉

暁人って勉強だけじゃなくて、スポーツもできるんだ。

そりゃモテるわけだ。

「そんで、どうしても人足りないから、大学生のフリして合コン出てくれって。ゲームで使うレアアイテムあげるからって言われて出た」

そんな理由で⁉

「ひどすぎる……」

「だからわかりやすく興味なさそうにしてただろ」

「それが感じ悪いって言ってるんですけど！」

「ま……正直、合コンなんてもっとつまんねぇと思ってたけど、誰かさんのお陰で楽しめたんじゃん？」

「えっ……誰かさんって？」

「ヒール履いて大学生に見せようと背伸びして、帰り道靴擦れ起こした人」

「ちょっ……」

私じゃん……。

「痛み我慢して必死に歩こうとして……ふっ、今思い出しても笑える」

仕方ないじゃん。

慣れないヒールだったんだから。

「まっ、そういうとこが可愛いんだけど」

「えっ」

——ドキン。

可愛い……？　私が？

「可愛い妹だったら多少は愛《め》でてやるよ」

ポンっと私の頭に手を乗せる暁人。

あ、そっか……妹としてってことか。

暁人と兄妹としての距離が縮まったこと、嬉しいはずなのに。

妹と言われて、ほんの少しだけ心がチリッっとした。

これでいいはずなのに……。

なんだろう、この感情は。

「ほら、アイス溶《と》けんぞ」

「わかってる」

冷たいアイスが口の中でじんわり溶けていく。

「美味し……」

このよく表現できない気持ちも、アイスみたいに溶けてしまえばいいのに――。

暁人と家にふたりきり

「えっ、旅行⁉」

土曜日の朝、私は声を上げた。

いつもの休日を過ごしていると、お父さんとお母さんは旅行用の大きなバッグを持って玄関で靴を履いていた。

「あれ、菜々美ちゃんは聞いてなかったのか？」

お父さんが言う。

「ごめんお母さん、伝えたものだとばかり……」

「暁人にも伝えるようにって言っておいたんだけどなぁ」

「聞いてない……！」

するとリビングから出てきた暁人は「ヤベぇ」という顔をしている。

完全に忘れていたんだろう。

暁人のやつ……！

「ごめんね、菜々美」

お母さんが申し訳なさそうに言う。

「ううん、全然いいよ！　楽しんできてね」

驚きはしたけれど、ふたりだけでの旅行なんてめったにないだろうから、楽しんでほしい。

「それじゃあすまないが、暁人、菜々美ちゃんよろしくな」

「うん、行ってらっしゃい！　父さん、母さん」

「お土産《みやげ》買ってくるからね〜」

お父さんとお母さんはそう言葉を残して、家を出た。

さぁてと……これからどうしようか……。

「あれ、でも暁人はこれから友達と遊びに行くんだっけ？」

「いや、天気予報で午後から土砂《どしゃ》降りだから、なしになった」

「そうなの⁉　お母さんとお父さん、せっかくの旅行なのに大丈夫かな？」

「宿が駅の近くにあるって言ってたから大丈夫だろ」

「そっかぁ……」

じゃあこの家に暁人とふたりきりってことか……。

今までふたりで一晩過ごしたことはない。

お父さんとお母さんがいないのはちょっと心配だけど、兄妹で協力して家のことをやらないとね！

なんて思っていたけれど、暁人はリビングに行くなり、すぐに友達とビデオ通話しながらゲームを始めてしまった。

暁人は最近テストが終わり、今は解放モード。

私の学校はこれからテストだから勉強しなくちゃいけない。

難しい問題は暁人に聞こうと思ってたのにな。

仕方なく、私はダイニングのテーブルで勉強をしていた。

部屋に行かなかったのは、お母さんとお父さんもいない中、二階に上がるのはちょっと寂しかったからだ。

三十分ほど勉強をしていると雨が激しく降り出した。

「わ、すごい雨……」

暁人が言ったとおり、徐々に天気は荒れ、風も強く、激しい雨が降りだした。

カーテン閉めておこう。

私は暁人の後ろをそっと通って、窓に向かう。

すると。

『わ、今、暁人の後ろに女の人がいたぞ！』

スマホから声が聞こえてくる。

マズい……！　映っちゃった⁉

『俺たちとゲームしてんのに、何女連れ込んでんだよ』

晩人の友達はその話題で大盛り上がり。

うわ……これ、晩人に怒られそう。

でもそっちがリビングでゲームしてるのが悪いんだから！

『クラスの女子が泣くぞー！』

『で、晩人くんどんな関係なんですかぁ〜』

質問が飛んでくる。

晩人がしっかり説明してくれるだろう。

そう思っていた時。

『彼女だけど』

晩人はさらりとそう答えた。

は、はぁ⁉　彼女⁉

否定しようとしたけれど、通話の向こうの男子たちはかなり大きな声で盛り上がっていて、声が届きそうにない。

『ヒュー！　やるぅ、こんな雨じゃ帰れなくね？』

『まさかのお泊りかよ⁉』

『お前、月曜日詳しく！』

も、もう……何も言えないわ……。

それから少しだけ、ゲームを続けた暁人は通話を切った。

「ちょっと！　どういうこと！」

テレビの電源を消しながら、彼はとぼける。

「何が？」

「何がじゃないでしょ、彼女って！」

「否定すると、いろいろ聞かれてめんどいことになるだろ」

「だからってわざわざ彼女って言うことないでしょ」

「あー？　そんなんどうでもいいだろ」

「普通、妹を彼女だなんて言う？」

「じゃあさ、妹ができたって言って、俺のダチが見せてくれって家まで押しかけてきたらどうすんの？」

家に来たら……。

それこそいい妹を演じるチャンスじゃん。

お菓子とか運んであげたり、ニコニコ話をしたりして「暁人、こんな可愛くて何でもできる妹がいていいなぁ」とか言われたり……？

憧れだったんだよね。

兄妹がいて羨《うらや》ましいって言われるの。

「ふふ……いいよ！　私、全力でおもてなしするから」

「バーカ」

「痛……っ」

暁人にデコピンされた。

「それで、紹介してくれって言われて、付き合いたいって告白されたらどうすんだよ」

どうするって……。

「本当、菜々美って何も考えてないのな」

えっ、それ……？

「それはそれでいいんじゃない？」

「ダメ」

「私が暁人の友達と付き合っちゃダメなの？」

「絶対ダメだろ」

暁人は真剣な顔でそんなことを言ってくる。

なんでダメ、なの……。

ドキン、ドキンと心臓が期待するように胸を打つ。

「なん、で？」

暁人の返事を待っていたら、淡々と言った。

「ややこしくなるだろ。友達と妹が付き合い出したとか。面倒なことはごめんだから」

「そういう理由？」

「それ以外に何があんの？」

な、何だ……あまりに真剣な顔で伝えてくるから、期待しちゃったじゃん！

「腹減った、ごはん作るぞ」

もう昼の一時かぁ……。

「はーい！」

それから暁人が冷蔵庫にあるものでチャーハンとスープを作ってくれた。

リビングでふたり、「いただきます」と食べようとした時、暁人のスマホが鳴る。

「父さんからだ」

暁人はすぐに通話を押すと、音声をスピーカーにしてくれた。

『ふたりとも天気は悪いけど大丈夫かな？』

「大丈夫だよ、父さん。僕も菜々美もちょうどごはんを食べていたところだったから」

暁人は急に背筋が伸びたように、しっかりとした口調になった。

『ふたりにお土産買ったからね』

隣からお母さんの声も聞こえる。

お母さんたちは駅に着いた瞬間、大雨が降ったものの、すぐにタクシーを拾って移動をしたから濡《ぬ》れずに済んだらしい。

観光よりも、宿でゆっくりできるプランを選んでいたみたいで景色を見られないのは残念だけど、お母さんたちも楽しめていそうだ。

『明日のお昼までには帰るからね』

「僕たちのことは気にせず、ゆっくり楽しんできてよ」

「そうだよ、帰ってきたら話聞かせてね！」

私もお母さんたちに声をかけると、少し話して電話を切った。

「お母さんたち、私たちのこと心配だったみたいだね」

「そうだな……」

さっきまで家族で話してにぎやかだったためか、静けさが広がる。

シーンとして、激しく降る雨の音だけが耳に届いていた。

「暁人はさ、ずっとあんな感じだったの？」

「何が？」

「お父さんと話す時の口調……」

私がそれを尋ねると暁人は黙り込んでしまった。

やっぱり聞かれるの嫌だったかな。

でも、家族として知らないフリをできることじゃない。

「暁人がお父さんと話す時、すごく丁寧《ていねい》な口調だし、自分のことも〝僕〟って呼んでるし、わがままも言わない……」

暁人は、あきらかに両親の前で優等生を演じている。

お母さんの前でならまだわかる。

私たちは家族になったばかりだから、まだ距離があるのかもしれないって思えるけど、ずっと一緒にいたお父さんの前でまでそんな風でいるのはやっぱり不自然だと思った。

「別にいいだろ。あれが俺の家族の形だから」

「それが暁人の本音？」

「何が言いたいの？」

嫌なことがあったら文句を言ったり、学校での悩みや不満を話したり……。

ありのままの自分を出せる場所が家だと思ってた。

でも、暁人がお父さんにそういう風にしているのを見たことがない。

お父さんの前ではニコニコ笑って、同調する。

作っている自分で話しているみたいで……私はずっと気になっていた。

「逆にそれ聞いてどうすんの？　説教でもするつもり？」

「説教じゃなくて、暁人のことが知りたいの！」

どうしてそんな行動を取るのか、何を考えているのか。

見ているだけじゃわからない。

「……教えてほしい。だって家族になったってそういうことでしょ？」

お互いに助け合って生きていくのが家族だ。

だから暁人に何か抱えているものがあるなら、私はそれを知りたいと思う。

「全く、家族ってめんどくせぇ言葉だな」

暁人は深くため息をつく。

やっぱり教えてくれないか。と思った時、彼は口を開いた。

「俺……幼稚園の頃に母さんが病気で死んでるんだ」

えっ。

私はぱっと顔を上げる。

お母さんを病気で亡くしている……？

待って、そんな話聞いたことがない。

てっきりうちみたいに離婚したんだと思っていた。

『暁人もいろいろあったから……』

もしかしてお父さんが言ってたのって、そのことだったの？

「そこからずっと父さんとふたりきり。寂しくて悲しかったけど、俺はその感情を出さないようにずっと押し殺していた」

「どうして……」

「母さんが言ったから」

暁人は遠くを見つめ、小さな声でつぶやいた。

「暁人は何でもできる強い子だね、そういう暁人も好きだけど……もっと」

それだけを言うと暁人は口をつぐんだ。

「もっと？」

「そこで母さん意識がなくなって死んだ。最後まで言葉を聞くことができなかった。だから何を言いたかったのかわからない。でもきっと……もっと強くなれってことだったんだと思う」

晩人の手が少しだけ震えていた。

「それからは必死だった。できるだけ父さんに、迷惑をかけないように自分ででき
ることは自分でやって、迷惑をかけないように、負担にならないようにって努めて
きた」

晩人は寂しそうに少し上を見る。

「そんなことを繰り返してるうちに、親への甘え方なんて忘れちまった」

鼻がツーンとして視界がにじむ。

お母さんが亡くなって晩人だってずっと苦しかったのに、それを我慢して立ち上
がっていた。

誰の助けもいらない、完璧な自分を保って必死に生きてきたんだ。

私はとっさに晩人の手を取った。

「聞いて、晩人……っ」

「なん……」

「晩人のお母さんはそんなこと言わないと思うの」

私の言葉に晩人は固まった。

「お母さん、本当は晩人のこと、いい子だねって頭を撫《な》でたかったんじゃないのか
な。『もっと』って言ったのは、たぶんもっと強くなれってことじゃなくて、もっ

と甘えていいんだからねって言いたかったんだと思うの」

だって、お母さんは暁人のこと一番よくわかってると思うから、こんなに頑張っている子どもに向かって、もっと頑張れなんて言わないと思うんだ。

自分の子どもだったらなおさら、甘えてほしかったんじゃないかな。

気づけば涙が零《こぼ》れていた。

「なんで菜々美が泣いてんの」

「だって……」

「普通俺が泣くとこだろ、それ」

暁人は小さく笑うと、私の頭をポンポンと撫でた。

「俺もさ……実は途中からそう思ってたんだ」

「えっ」

「母さんはいつも優しくて包み込んでくれるような人だった。そんな母さんがもっと強くなれって言うのかなって。でももう戻れなくなってたんだよな……。今までそう生きてきてたから……」

「暁人……」

「だから今、菜々美がハッキリ口にしてくれたお陰で、気持ちがすげー軽くなった」

これから暁人が家族に甘えられるように。

肩の力を抜くことができるように。

私が居場所を作ってあげられたらいいな。

「だから教えてくれよ」

「えっ」

「甘え方ってやつ」

そ、そんなこと突然言われても……！

「菜々美が言ったんだろ？　家族に甘えられるようにってさ」

「それはそうだけど……え、えっとほら……肩に頭を預けるみたいなやつだよ」

「こう？」

すると暁人は私の隣に座って、肩に寄りかかるように頭を預けた。

──ドキン。

ち、近い……っ！

「ちょっ、そうじゃなくて！」

「そう言ったろ？」

「あくまでイメージの話で……」

「菜々美チャンは表現力もないんですねー」

「いいから、離れて」

晩人の頭をどかそうとしたら、そのまま静かに話し出す。

「菜々美って変なやつ。人のことなのに自分のことみたいに泣いたり、ほっとけばいいのに俺との距離縮めてこようとしてきたり」

「だって……一緒にいるのに無視なんてできないよ」

そう言うと、彼は喋らなくなってしまった。

「…………」

――ドキン、ドキン、ドキン。

離れてって言おうと思ったのに。

本当に晩人が私の肩に頭を置くことで安心してくれているみたいで、言えなくなってしまった。

「ありがと、菜々美」

「うん……」

でも晩人がはじめて自分のこと、さらけ出してくれたからいっか。

しばらくすると、晩人はゆっくりと、私の肩から離れた。

私はちょっと気恥ずかしくなって……。

「どうよ、妹の肩は。たまには頼りになるでしょ？」

へへんと胸を張って言うと、晩人は静かにつぶやく。

「最初は兄妹とかダルいって思ってた。父さんのため、必要以上に関わらないようにすれば、相手は誰だっていいって……でもまぁ、妹が菜々美でよかったんじゃね？」

嬉しい。

「私もお兄ちゃんが暁人でよかった、よ」

ぶっきらぼうで冷たいように見えるけど、ちゃんと優しいところがあって人一倍他人の気持ちを考えてる。

そんな暁人が私は……好きだ。

それは、兄として。

暁人との距離感は正直わからないけど、私たちお母さんたちが望むようないい兄妹になれているよね……？

真っ暗な部屋の中の温かさ

夜ごはんは暁人がカレーを作ってくれた。

すごく美味しいカレーだったんだけど……。

「すごいね、雨」

「こんなに強く降るとは思わなかったな」

窓の外は大嵐。それに時々ピカっと空が光ったりもしてる。

「カミナリ、大丈夫かな」

実は私はカミナリが怖かったりする。

小さい頃、ひとりで留守番している時に近所の電柱に大きなカミナリが落ちて、停電が起こったこともあり、私は特に部屋が真っ暗になるのが苦手だった。

そこからちょっとトラウマだ。

「何だ、怖いのか」

「べ、別に怖くないし！」

暁人のからかいに、私は強がることしかできない。

あれは小さい時の話だから、今は平気なはずだ！

ひとりきりでもないし、カミナリを意識しないようにすれば大丈夫だよね？

私と暁人で順番にお風呂に入ることになった。

食事を終えると、私が最初に入って、その次に暁人。

暁人がお風呂に入っている時は、やたら外のカミナリの音が聞こえて怖くなった。

やっぱり、これだけ激しく鳴っていたら停電するかな。

私はテレビをつけて気を紛《まぎ》らわせようとした。

できるだけにぎやかなお笑い番組にする。

しかし、天気は荒れる一方で……。

嫌だな……暁人早く上がってくれないかな。

いても立ってもいられなくなり、夕食の洗い物を先にすることにした。

するとその時、外が強く光った。

それと同時。

――バリバリバリッ！

「きゃあっ！」

大きなカミナリが近くに落ちた。

しかもそれだけじゃない。

「ウソでしょ……」

家中の電気が落ちてしまった。

部屋は真っ暗で、シーンとしている。

まさか、本当に停電⁉

「暁人、いる？」

嫌だ、怖い……。

聞こえるのは、激しい雨音とゴロゴロというカミナリの音だけ。

「どこ？　まだお風呂なの？」

声を出して聞いてみるけれど、何の音もしない。

真っ暗で何も見えなくて怖い……。

「暁人！」

あの日の記憶がよみがえる。

大きなカミナリの音と同時に電気が消えて、私は暗闇の中ひとりになった。

窓の外を見ても街は暗闇に閉ざされている。

泣いても、呼んでも誰も来ない。

ずっとこの暗闇が続くんじゃないかという不安にかられ、パニックになってしまった。

『はぁ……はぁ、お母さん。助けて。お願い帰ってきて！』

手を震わせながら、もう私はひとりぼっちで……一生誰もここに来ないんじゃないかと思ったんだ。

「はぁ……っ、はぁ」

手が震える。

呼吸が乱れる。

手に力が入らなくなって、持っていた食器を床に落としてしまった。

――パリンッ！

どうしよう……割っちゃった。

危ないからこっちに来ちゃダメって暁人に言わないと……。

「あ、あき……」

でも、声が出ない。

胸が苦しくなって呼吸が上手くできなくなる。

「はぁっ……はぁ」

「おい、菜々美。何の音だ！」

暁人の声が聞こえる。

返事をしたいのに……呼吸が乱れて声が出せない。

苦しい……。

「はぁっ、はぁっ、あきひ……っ」

必死で声を出そうともがく。

「たすけ……」

そう小さく声が出た瞬間。

「探したろ」

――ドキン。

突然温《ぬく》もりに包まれた。

「あき、ひ……」

暁人が私のことをぎゅっと抱きしめている。

「大丈夫だから、落ち着け」

ひゅっと乱れていた呼吸を落ち着かせるように、私の耳元でささやく暁人。

「ゆっくり吸って……吐いて」

暁人の声がすごく優しくて安心する。

言われた通りに呼吸をすると、だんだんと楽になってくる。

「電気もすぐ復旧する。それまでこうしてるから心配すんな」

「う、うん」

何度か深呼吸をすると、乱れていた呼吸は落ち着いてきた。

暁人はまだ私を抱きしめていてくれている。

──ドキン、ドキン、ドキン。

暁人の身体、温かい……。

もう、ひとりじゃないんだ。

そう思うと、私は自然と肩の力が抜けていった。

「大丈夫か、菜々美」

「ごめ……ちょっとだけカミナリが怖くて」

「大丈夫だ。俺もいる」

バカにされるかもって思ったのに、暁人は全然そんなことなくて、私の背中をさすりながら優しく声をかけ続けてくれた。

「あ、そうだ。食器割ちゃったから、そこ、危なくて……」

「無理に喋んなくていい。ゆっくり深呼吸してろ」

「うん、ありがとう……」

ほっと落ち着くと、暁人の髪の毛からぽたりとしずくが垂《た》れる。

「冷た……」

「ああ、急いで出てきたから……パンツしかはいてねぇ」

「……え、もしかして上半身裸《はだか》⁉」

「そうだけど？」

そうだけどじゃない……！

やけに温かいなとは思ったけど……！

ってことは、暁人の裸が私にピッタリくっついてるってことじゃん。

「ちょ、離れて……！」

「なんで？」

「だ、ダメだからこんなの！」

「何意識してんの？」

「そうじゃなくて……！」

兄妹の距離ってこんなに近いものなの？

最初は私を安心させるためだって思ったけど……！

「離れるとか無理だろ」

「……っ、」

濡れた髪に温もりのある肌、それから耳元でささやかれる暁人の声。

低く響く声に私の心臓が跳《は》ねる。

「な、なんで離れるのが、無理？」

意味もなく期待するように音を立てる心臓。

呼吸は落ち着いたけど、今度はドキドキが止まらない。

「菜々美が食器落としたから」

「そ、そういうこと⁉」

「それ以外に何があるんだよ」

た、確かに……食器が割れてるから、これ以上動くのは危険だけど……！

だったら紛らわしい言い方しないで！

そう言葉にしようとした瞬間。

――パチッ。

「あっ……」

家の電気が復旧し、私はほっと胸を撫で下ろした。

「明るくなったな」

「よかっ……」

そこまで言って暁人の裸が目の前に飛び込んできた。

「き、きゃあっ！」

――ドンッ！

「何だよ、突き飛ばすことないだろう？　さっきまで密着してたんだから」

「変な言い方しないで！」

私が大きな声で言うと、暁人は優しい顔になって言った。

「いつもの菜々美に戻ったな」

「あっ……」

暁人に抱きしめられていた時、何度もカミナリが鳴っていたはずなのに、気にならなかった。

きっと暁人が側にいるって安心してたからだ。

「あり、がと……」


それから割れた食器を一緒に片付けて、暁人とテレビを見ているうちに安心したのか、私はソファで寝落ちしてしまった。

うつらうつらとした頭の中、身体が宙に浮いている感覚になって……ほんの少しだけ意識が覚醒《かくせい》した。

あっ……。

その時に気づいた。

暁人、私のこと運んでくれてる。

私の部屋のベッドに寝かせて布団をかけると、
「ありがとな、バカ菜々美」
なぜか暁人はそうつぶやいた。
どうしてありがとう……？
聞き返したいけど、眠すぎて頭が動かない。
そうこうしているうちに、暁人はそっと私の部屋を出ていった。
――こっちがありがとうだよ。
声は出なかったけど、温かくてすごく幸せな気持ちで眠ることができた。
暁人は本当は優しいんだって私は知ってる。
前は仲良くなれない！って思ったけど、今は私の自慢のお兄ちゃんだ――。

兄としての暁人？　それとも……？

私の学校もテスト期間が終わり、通常授業に戻った。

結果はさんざんだったけど、それは……見なかったことにしようと思う。

「じゃあお母さん、いってきます」

暁人はもう家を出たらしい。

私もそろそろ出ないと……。

リビングに行き、お弁当を手に取ろうとすると。

「あれ……」

なぜかお弁当がふたつ置いてあった。

「お母さん、このお弁当って暁人のだよね？」

「あっ、本当だ。暁人くん、忘れていっちゃったのかな。どうしよう……お母さんこれから仕事があるから」

お父さんも出勤してしまったため、届けられるのは私しかいない。

「じゃあ私が持っていくよ」

一限は古典で優しいおばあちゃん先生だから、多少遅れていっても大丈夫だ。

「ごめんね、よろしくね」

私は暁人のお弁当を手に取ると、家を出た。

暁人の学校に向かって歩く。

この家からは二十分くらいだって言ってた。

急げば、暁人が学校に着く前に追いつけるかな？

早足で向かって探していると……。

「いた！」

校門に入る直前で暁人を見つけた。

「あきひ……」

名前を呼ぼうとした時。

「やだ〜もう、暁人ったら」

暁人の隣には茶髪で少し派手めの美人な女の子がいた。

「私はね、暁人のそういうところが好きだよ？」

親しげに話しながら、暁人の腕にぎゅうっと自分の手を巻きつける。

「やめろって詩織《しおり》」

「いいじゃーん！　恥ずかしがってるの？」
あの子、誰だろう……。
てっきりひとりで登校していると思っていたのに、女の子といるなんて。
でも、暁人はモテるって笠原さんたちも言ってた。
仲のいい女の子がいてもおかしくはない。
暁人、詩織ってお互い名前呼びしている。
嫌だな……見たくないな。
心の中に広がるモヤモヤがどんどん大きくなっていく。
その子はどういう関係？　彼女なの？　好きな人なの？
聞いてしまいたくなる。
なんでだろう……。こんなのおかしいよね。
だって暁人はお兄ちゃんなんだから。
私は頬をペチンっと叩くと気合いを入れてから「暁人」と名前を呼んだ。
暁人の隣にいる女の子も振り返る。
目がくっきりとしていて、長い綺麗な髪が肩下まで伸びている。
わっ……すごく可愛い。
私は暁人の顔を見ずにお弁当を渡した。

「暁人、これ忘れてたから……はい」

私がお弁当を差し出すと、女の子は不審な顔でこっちを見る。

「暁人、誰この人……」

疑いの眼差しが強く突き刺さる。

早く渡して帰りたい。

すると暁人は言った。

「誰って、別にただの知り会い」

知り、合い……。

「なぁ～んだ。よかった」

暁人の隣にいる女の子は見下すように私を見た。

知り合いって……。

私は、半ば無理やり押しつけるような形で、お弁当を渡しすぐに背中を向けた。

「じゃあね！」

「あ、おい……菜々美！」

後ろからそんな声が聞こえても、振り返らずに来た道を走っていく。

「はぁ……はぁ……」

逃げてきちゃった。

『私はね、暁人のそういうところが好きだよ？』

あの女の子、絶対に暁人のことが好きだ。

暁人も腕組まれて振り払ったりしないってことは、彼女のことが好きなのかな。

──ドクン、ドクン、ドクン。

暁人が……「ただの知り合い」なんて言ったのは、私の存在を知られたくなかったからだよね。

お弁当なんて届けなきゃよかった……。

兄の恋愛なんてどうでもいいはずなのに、モヤモヤは広がっていくばかり。

さっきのふたりの姿が頭から離れない。

＊

教室に行くとすでに一限は始まっていて、古典の先生は優しく「早く座ってね」と伝えてきた。

すぐ席に着いて教科書を開くけど、授業なんてほとんど頭に入らない。

古典の授業が終わると、杏子ちゃんが私の元にやってきた。

「珍しいね、今日遅刻？」

「うん、暁人がお弁当を忘れて届けに行ってたんだけど……」

そこまで言って私は口ごもる。

「あっ、さては何かあったな」

う……杏子ちゃん、やっぱり鋭い。

「菜々美のことはなんでもお見通しよ。何かあったの？」

杏子ちゃんの言葉に私は口を開いた。

「暁人、腕組んで女の子と登校してて……その女の子もすごく美人でお似合いだなって思っちゃったの……」

「それで落ち込んでたのね」

「私と暁人は兄妹だから、恋とかはあり得ないのに、どうしてモヤモヤするのかなって。ようやくできたお兄ちゃんを取られたくないとかもあるのかなって……」

私がそこまで言うと、杏子ちゃんは遮るように言った。

「菜々美。それはだぶん、暁人くんのことを好きにならないようにって気持ちを抑え込んでいるだけだと思うよ。菜々美は惚れっぽいタイプとかじゃないじゃない？あの日の合コンだって、きっと暁人くんがいなかったら、こんな感情にはならなかったと思うの」

私もそう思う。

あの日、いいなって思ったのは暁人だったから。

あの合コンで私は恋をしたんだ。

「兄妹になって、ずっと自分の気持ちを見ないフリしていたんじゃないの？」

「それは……」

杏子ちゃんの言葉に私は何も言えなくなった。

ずっと意識しないようにしてた。

私が暁人を好きになったら、お母さんの幸せを壊してしまうからって。

でもそんなものけっきょく意味はなくて、ただ自分の気持ちに向き合わないで逃げていただけだ。

「私は、菜々美の意思を尊重するよ。誰かがいけない恋だって言っても、私は菜々美の背中を押したいって思ってる。だって人を好きになることはいけないことじゃないでしょう？」

「杏子ちゃん……」

逃げていても恋愛感情が消えるわけじゃない。

本当はわかってた。

でも認めてしまったら、それこそつらくなる気がするんだ。

だって、叶えられない恋だから。

この日はずっと、暁人のことを考えてしまっていた。

学校から帰ると、暁人はすでに家にいた。

「おかえり」

「た、ただいま」

リビングに行くと、突然暁人に出迎えられて、とっさに目を逸《そ》らしてしまう。

朝、逃げるように去ってしまったから、ちょっと気まずいな。

お父さんもお母さんも仕事に行っているため、誰もいない。

なんとなく居心地が悪くて自分の部屋に行こうとした時、暁人はつぶやいた。

「今朝……」

するとその時。

――ピンポーン。

家のインターフォンが鳴る。

私は暁人から逃げるように玄関に向かった。

「あっ、おい……！」

誰だろう？

私が玄関のドアを開けると、そこには朝、暁人の隣にいた詩織という子と女子ふたりが制服姿で立っていた。

「わ、また今朝のお弁当の人いるんだけど」

「どういうこと⁉」

「誰、この子。意味わかんない」

なんかコソコソ話してる。聞こえてるんですけど……。

「まぁいいや、暁人くんに会いに来たんで、家入れてもらっていいですか？」

「えっ」

ドクン。

心臓が嫌な音を立てた。

暁人、彼女と約束したの？

「ど、どうぞ」

断るわけにもいかず、そう言うと、女の子たちはバタバタ足音を立てて家の中に入っていった。

真ん中にいた子、詩織って呼ばれてた子だよね。

家にまで来るってことは、やっぱり暁人と付き合ってるとか……？

だとしたら見たくないな。

モヤモヤした感情が私の心を包み込む。

お茶だけ出して自分の部屋に行ってよう……。

私はキッチンでお茶とお菓子を用意していた。

「暁人、見ーっけたっ！」

詩織と呼ばれている子が後ろから暁人のことを抱きしめる。

しっかりとこの目で見てしまって、私は胸が苦しくなった。

「わ、お前ら何しに来たんだよ」

「何って、今日家行くねって言ったじゃん」

「いいなんて言ってないだろ」

「でも暁人に会いたかったんだもん！　いいじゃん、一緒にゲームしようよ」

「やだ」

暁人は気だるげに返事をするが、詩織という子は諦めなかった。

「じゃあゲームするまで帰らないから！」

「そうだよ、詩織がせっかく暁人くんに会いに来たって言うのに！　付き合ってあげてよ」

周りの子たちが煽《あお》ると、暁人はうんざりした顔で答えた。

「わかったから、じゃあ一回ゲームしたら、帰れよ」

「やった〜暁人大好き」

暁人のことをぎゅうっと抱きしめる詩織ちゃん。

見ちゃダメ。

我慢だ……だって私は暁人の妹なんだから。

しっかりいい妹でいないといけない。

私は紅茶と食べ物をテーブルに運んだ。

「これ、よかったら食べてください」

必死に笑顔を作ると、詩織ちゃんは私を指さして言った。

「ねぇ、暁人。この人誰なの？　今朝も知り合いって言ってたけど、お弁当届けてたよね？」

怪訝《けげん》な顔でこっちを見てる……。

私は気まずくなって自分から言った。

「妹です。暁人の……」

すると彼女はほっとしたように笑顔を見せた。

「な〜んだ、妹か。よかった〜！」

暁人だけが何か言いたげな顔をしている。

しかし私はそれを見ないフリした。

「暁人と親しい人かと思って心配しちゃった！　じゃあ妹さん、ゆっくりさせてもらいますね！」

女子三人は私に興味がなくなったのか、ゲームをして楽しんでいた。

私は自分の部屋に行ったけれど、下から女の子たちのキャッキャっとはしゃぐ声が聞こえてきて、何も手につかなかった。

暁人は詩織ちゃんのこと、どう思ってるんだろう。

ベタベタされても嫌そうにはしてなかったし、まんざらでもなかったりして……。

はぁ……さっきから暁人のことばっかり考えてる。

考えたくないのに、一緒に住んでいるっていうのは本当に厄介《やっかい》な状況だ。

トイレに行くために、私は階段を下りる。

まだみんなでゲームしてるんだ……。

暁人、一回だけって言ってたのに。

そんなことを考えていた時、誰かに肩を叩かれた。

振り返ればそこに詩織ちゃんがいる。

「あ、トイレならここ使ってください」

「トイレじゃなくてぇ～確認をしておきたくて～」

「確認？」

彼女は私を訝《いぶか》しげに見ると低い声で聞いてきた。

「妹さんは暁人のこと狙ってるとかないですよねぇ？」

「えっ」

ビックリして固まっていると、彼女は続ける。

「兄妹だし、さすがにあり得ないかなとは思ったんですけどぉ……でも暁人に聞いたら血は繋がってないって言うから、もしやって思って～！　いや、ないとは思うんですけど～、だってもしそうならキモいじゃないですか……！」

キモい、か……。

心がチクンと痛み出す。

普通の人はそう思うよね。

しかも暁人、血が繋がってないとか、そんな話までしたんだ……。

「で、実際のところどうなんですか？」

詩織ちゃんに問いかけられ、私は無理やり笑顔を作って言った。

「そんな、あり得ないですよ～！　兄妹だし、暁人がモテるっていうのも意味わからないし……」

「なぁんだ！　よかった～！　普通の兄妹で安心しました。それなら私たち、仲良くできそう！　ありがとう妹さん」

詩織ちゃんは陽気《ようき》にそう言うと、スキップして私の前から立ち去った。
これでいいんだよね……。
普通の妹の対応で合ってるよね？
血は繋がってないとはいえ、兄のことが好きだなんて。
私の話を聞いたら、きっとお父さんもお母さんも暁人だって軽蔑《けいべつ》するはずだ。
やっぱりダメだ。
好きかもなんて。
そんな感情は忘れなきゃ絶対ダメだ。
私は涙が出そうになるのをぐっとこらえた。

暁人のクラスの子たちは六時頃にようやく帰っていった。
玄関まで見送った暁人が戻ってくる。
「あー疲れた」
ダルそうに頭の後ろで手を組みながらそう言う。
内心は嬉しかったんじゃないの？
そんな気持ちがふつふつと湧き上がってしまう。
「いい感じだったじゃん。あの詩織ちゃんだっけ？　暁人のこと好きそうだし、まっすぐに気持ち伝えてくれるし……お似合いじゃん」

私、何言ってるんだろう。

思ってもないことペラペラ話して、無理やり笑顔を作ってる。

でも今にも泣きそうで……苦しくてつらい。

「何？　気になんの？」

「……っ」

暁人は私の顔を覗《のぞ》き込んで聞いてくる。

「ちがう、から……」

「ヤキモチ焼いたのか？」

暁人が意地悪にからかってくるけれど、今の私にはいつものように返す元気はない。

ヤキモチなんて言わないで……。

もし「そうだ」って言われたら困るクセに。

「お兄ちゃん取られたみたいで寂しかったのか？」

暁人の言葉に余裕のなくなった私は声を荒らげた。

「だから違うって言ってるじゃん！」

もう嫌だ。

さっきから、暁人と詩織ちゃんの顔が頭をチラついて悲しくなる。

「もう、いい……」

私は耐えられなくなって、家を飛び出した。

「おい、菜々美！」

暁人が私の名前を呼ぶ。しかし、私は振り返らなかった。


走って走って近くの公園まで向かう。

イライラして暁人に当たって……私、最低だ……。

兄妹でいる限り、私はこれから暁人の彼女が家に来るのを近くで見ることになるんだろう。

心臓が苦しくなる。なんで兄妹になっちゃったんだろう。

兄妹じゃなかったら、私の気持ちを伝えることもできたかもしれないのに。

こうなる運命だとわかっていたのなら、あの日暁人となんて出会いたくなかった。

ぎゅっと心がしめつけられるみたいに痛くて苦しい。

やっとできた恋なのに、どうして神様はこんな試練を与えるんだろう。

いつもと違う菜々美【暁人side】

今日の菜々美はあきらかにおかしかった。

朝も弁当を俺に渡すと逃げるように走り去っていくし、クラスメイトが家に来た時も俺と極力目を合わせないようにしていた。

いつもどおり話しているように見えて、全然普通じゃない。

挙げ句の果てに詩織とお似合いだとか言ってくるし……。

俺がからかうと。

『もう、いい……』

そう言って家を出ていってしまった。

何なんだよ……。

そりゃ俺だって悪かったと思ってる。

菜々美にとってはまだ慣れない家だ。

それなのに、急に俺のクラスのやつが来てはしゃいでいたら、居心地が悪くなるだろう。

だけど、そんなに怒ることか？

俺はしばらくイライラした気持ちでソファに座っていた。

どうせすぐ帰ってくる。

ほっておけばいい、お互いに頭を冷やして菜々美が帰ってきたら謝ればいい。

そう思っていたけれど、菜々美は一時間経っても帰ってこなかった。

さっきから何度も時計を見てる。

「……っ、何してんだよ」

イライラが募る。

もう外は薄暗い。

するとテレビがニュースに切り替わっていた。

『七時のニュースです。女子高校生を痴漢《ちかん》した疑いで、三十六歳の男を逮捕しました――』

痴漢……。

『男は薄暗くなったタイミングで、人目につかないところに連れ込んだと供述しており――』

薄暗くなった、タイミング……。

俺は窓の外を見つめる。

もし菜々美が怖い目に遭ってしまったらどうしよう。

「クッソ……」

そんなことを考え出したら、俺は居ても立ってもいられなくなり、ジャケットを羽織った。

我ながら、過保護すぎだろ。

ただの妹なのに、こんな心配して……きっと周りに言ったら笑われるに決まってる。

でも……。

『暁人！』

菜々美の笑顔を壊したくない。

はじめて菜々美と会った時は、どこにでもいる女の子という印象だった。

合コンの帰り道、靴擦れして、痛いのを我慢していたり、おぶって家まで送ると「ありがとう」とちょっと不服そうに伝えてきたり……。

思っていることが顔に出て素直で可愛らしいなと思うことはあった。

ただ人数合わせで行った合コンだ。

もう会うことはないだろう。

なんて思い出すこともなくなっていた頃。

『紹介しよう、再婚するお相手の娘さん、菜々美ちゃんだ』

菜々美と再び出会うことになった。

これから兄妹として暮らすことになる相手として。

一度会った相手だというのが面倒だと思って俺は、突き放すことにした。

両親の前では仲良くするが、後は関わるつもりはない。

兄妹が仲良いところを見せれば、父さんはきっと安心してくれるだろう。

見せかけだけ上手くやればそれでいい。

そう思っていたのに……。

『そうやって取り繕われても嬉しくないだろうし、いつかお父さんもお母さんも気づくと思うけど』

菜々美は壁を打ち壊してきた。

大抵、こちらが壁をつくれば相手も察して近づいてくることはない。

お互いに当たり障りなく過ごして、上辺《うわべ》の関係でいられるのに。

菜々美だけは違った。

ちゃんと向き合って、俺のことを知ろうとしていた。

だからかもしれない。

今まで誰にも話したことがなかった、母さんのことを打ち明けてしまったのは。

『暁人のお母さんはそんなこと言わないと思うの』

ハッキリと言い放つ菜々美。

『お母さん、本当は暁人のこと、いい子だねって頭を撫でたかったんじゃないのかな。「もっと」って言ったのは、たぶんもっと強くなれってことじゃなくて、もっと甘えていいんだからねって言いたかったんだと思うの』

ずっと誰にも迷惑をかけないように、強い人間でいようとしてきた。

誰かに甘えることもせず、ひとりで生きていけるくらい強い人間に。

だから、母親の言葉を間違って理解していたんじゃないかと思った頃には、もう遅かった。

『父さん、あの……今度のマラソン大会だけど』

『どうした？』

『いや……やっぱり何でもない』

どうやって父さんに甘えたらいいかわからない。

別にこのままだって上手くやれてる。

だから俺は気づかないフリをすることにした。

でも……。

菜々美が泣くから。

人のことなのに、一生懸命になるから……。

俺も変わってもいいんじゃないかって。

今からでも遅くないんじゃないかって思ったんだ。

菜々美のやつ、本当に一生懸命でバカだ。

でもそのバカさを愛おしいと思ったのは事実だ。

だからかもしれない。

こんなに、菜々美が帰ってこないことに焦《あせ》っているのは──。

家を出ようとした時、ちょうど帰ってきた母さんとぶつかった。

「ごめん、母さん」

「あら、暁人くん。そんなに急いでどうしたの？」

「菜々美、探してくる」

俺は母さんの返事も聞かずに飛び出した。

最初は近くを探しながら、菜々美にメッセージを送って居場所を聞こうとしていた。

しかし一向に既読にならない。

「何してんだよ……」

菜々美が行きそうなところを当たったり、人けのないところを探したりとにかく必死だった。

「菜々美──!」

汗をぬぐい、呼吸を整えていた時。

──いた!

駅裏にある小さな公園のブランコで菜々美の姿を見つけた。

俺はほっと胸を撫で下ろした。見つかってよかった。

「菜々……」

近づいて声をかけようとすると、隣に知らない男がいる。

高校生くらいか……?

菜々美はその男と親しげに話していた。俺はこの場所で立ち止まる。

「なん、だよ……」

俺は手をだらんと下ろした。

何必死になって探してんだか……。

全然心配いらねぇじゃん。

菜々美を守る男がいたってわけか……。

さすがに過保護すぎた。

たかだか妹が一時間帰ってこないくらいで、家を飛び出すなんて。

頭が冷静になり失笑する。

俺は菜々美に背中を向けた。

もう帰ろう。家で何事もなかったかのように待っていればいい。

それで後で謝れば、元に戻れる。

そうして一歩踏み出した時――。

「あのね、しっかり伝えられなくてごめん。私、付き合ってる時に景くんにありもしないこと吹聴《ふいちょう》されて……嫌だったの」

菜々美の声が聞こえて、俺は足を止めた。

「誤解されて、みんなと距離置かれちゃって……。誰も私に近寄ろうとしなくなった……それが嫌で、別れてほしいって伝えたんだ」

何の話をしてるんだ？

てっきり俺は、隣にいるのは菜々美の好きなやつだと思っていたけど、そうじゃないのか？

「あの時はさ、菜々美と付き合えたのが嬉しくて、いろんなことペラペラ話しちゃっただけだよ。ほら、悪口も言い合えるほうが仲いいってまわりは思うだろう？」

前に付き合っていた男ってことか。

だんだんとふたりの関係性がわかってきた。

「今の俺はそういうことしないし……。時間が経って大人になったってことで、もう一度お互い、いいなって思うかもしれないじゃん？」

本当なら俺が入っていく話ではない。

ふたりで落ち着いて話をしてるんだから、俺は家に帰るべきだ。

そう思ったけれど……。

「菜々美もさ、ずっと相手作らなかったってことは、俺のこと引きずってたんじゃないの？」

そう言って男が菜々美の手を強引に掴《つか》む。

「ちょっとやめてって……！」

「絶対そうだろ？　なぁ？　いいよ。俺、菜々美とより戻しても……」

「本当に放して……っ！」

あの男……！

気づけば俺は菜々美に向かって走り出していた。

暁人が、好き

公園にたどり着いた私は、ぼんやりとブランコに乗っていた。
少し外の空気を吸ってから、笑顔で帰ればいい。
何事もなかったかのように、モヤモヤした気持ちも忘れて。
そしたらまたリセットできる。
リセットしたらちゃんと〝妹〟として笑うんだ。
そんなことを考えていると。
「もしかして、菜々美？」
えっ、どうしてここに……？
声をかけてきたのは、景くんだった。
うう、なんでこんな時に会ってしまうんだろう。
本当に今日はついてない。
「どうしたの、こんなところ座って」

「いや……気分転換しようと」

「じゃあ俺も〜！」

景くんは私の隣に来ると、同じようにブランコに座った。

ひとりになりたい気分だったのに……。

「何か久しぶりだよな、こうしてふたりきりになるの」

「そうだね」

私は少しも思い出したくないけれど。

すると景くんは私に尋ねる。

「なぁ、菜々美。消しゴムさぁ……見た？」

ほんのり顔を赤らめる景くん。

これは、見たって言ったら絶対に面倒なことになる。

「ご、ごめん……あれ人に貸しちゃって見てないんだ」

「そっか……」

私の言葉に景くんは不満そうに答えた。

これ以上は話したくない。

「ごめんね、私帰ろうと思ってて……」

そう告げた時、彼は言った。

「俺、菜々美のこと……正直まだ気になってるんだ。ほら、別れた時って一方的だっただろう？　だから……まだ別れたつもりないっていうか」

「えっ」

別れたつもりないってどういうこと⁉

もう一年も経っているのに！

確かに一方的だったけど、あの時景くんも同意してたよね？

「あのさ、菜々美って今彼氏いないんだろう？　何かいろんな人に聞いたら俺と別れて以来、いないって聞いてさ……もしよければまた付き合うとかさ、どう？」

あ、あり得ない……。

きっと景くんは、なんで私が別れを告げたのかわかっていないんだろう。

「あのね、しっかり伝えられなくてごめん。私、付き合ってる時に景くんにありもしないこと吹聴されて……嫌だったの。誤解されて、みんなと距離置かれちゃって。誰も私に近寄ろうとしなくなった……それが嫌で、別れてほしいって伝えたんだ」

しっかり伝えたらわかってくれる。

そう思ったけど、違かった。

「あの時はさ、菜々美と付き合えたのが嬉しくて、いろんなことペラペラ話しちゃっただけだよ。ほら、悪口も言い合えるほうが仲いいってまわりは思うだろう？」

景くんは引き下がろうとしない。

「今の俺はそういうことしないし……。時間が経って大人になったってことで、もう一度お互い、いいなって思うかもしれないじゃん？」

どうしよう……めんどくさい……。

今すぐここから逃げ去りたいよ。

「菜々美もさ、ずっと相手作らなかったってことは俺のこと引きずってたんじゃないの？」

全然違うのに……！

暁人にヒドイことを言って、自分勝手に家を飛び出したバチが当たったのかな。

すると、その時。

景くんは立ち上がり、私のところにきていきなり私の腕を掴んできた。

「ちょっとやめてって……！」

「絶対そうだろ？ なぁ？ いいよ。俺、菜々美とより戻しても……」

「本当に放して……っ！」

「強がらなくていいから」

景くんが私をブランコから立たせて強引に引き寄せようとした瞬間。

「何してんだよ」

──パシンッ。

その手を誰かが弾いた。

顔を見なくてもわかる。

この声は……晩人だ。

「嫌がってんだろ」

──ドキン。

晩人……っ、どうしてここに？

「だ、誰……？」

私が兄だと説明しようとすると、晩人のほうが先に口を開いた。

「彼氏だけど？」

か、彼氏……？

ちょっ、何言ってるの……！

そう思う反面、心臓は期待するようにドキドキと音を立てる。

「えっ、菜々美彼氏いるの？　だっていないって人に聞いて……」

「あのさぁ」

不機嫌な晩人の声が遮る。

「そうやって何でもポンポン、人に話すと思ったら大間違いなんだよ。わかんねぇ？

今、俺迷惑してんだけど」

不機嫌に景くんを見下ろす暁人に胸が高鳴ってしまう。

私、やっぱり全然嫌いになれてない。

冷静になるために外に出てきたのに、暁人のことカッコイイと思っちゃってる。

「……っ」

すると、景くんは悔しそうに唇をかんだ。

「とりあえず、菜々美は俺のものだから。今後一切関わらないでくんね？」

暁人はそれだけを伝えると、私の手を引き、その場から立ち去った。

「あ、暁人……」

ビックリした……。

俺のものだなんて、はじめて言われた。

今もまだドキドキが収まらないでいる。

兄妹なのに、こんなことダメだってわかっているのに、

暁人が……カッコよかった。

ねぇ、暁人はなんで俺のものだなんて言ったんだろう。

しばらく無言のまま歩き続けると、暁人は我に返ったように手を離した。

「ワリ……」

あ、手……離れちゃった。

ちょっと寂しい。まだ繋いでいたかったな。

「…………」

「…………」

沈黙が続く。

何を話したらいいだろう……。

勝手に家を飛び出しちゃって迷惑だなって思ってる？

そう思っていた時、暁人は言った。

「悪かった」

「えっ」

「クラスの女子にはもう来んなって伝える」

どういうこと？

「あの家はお前の家でもあるのに、勝手にクラスメイトがやって来て嫌だっただろうなと思って」

「暁人……」

そんなこと考えてくれたんだ……。

やっぱり、暁人はずっと優しいね。

出会った時から変わっていない。

冷たいように見えて、私のことちゃんと考えてくれていたんだね。

「ううん、気にしてないよ！　私も変な態度取ってごめんね」

晩人のせいじゃないんだ。

イライラしてしまったのは、私の問題だから。

無理やり笑顔を作ろうとした時。

「嫌なことがあるなら、言えよ」

暁人はそう言った。

「急に避けられたら、何があったのか心配になるだろ」

「暁人……」

「生活に不安があったり、俺に嫌なところがあるならハッキリ言って。俺もだけど、菜々美もたいがい人に甘えるってことしないから」

暁人は私のこと、ずっと考えていてくれたんだ。

私が避けた理由は、暁人のことを好きだと気づいてしまったからなんだけど、暁人は、クラスの女子が家に上がったからだと思い込んでいる。

「暁人に嫌なところなんてないよ」

私がうつむきながらそう言うと、彼は私の頬を両手ではさみ、ぐいっと強引に上を向かせた。

「ちょっ、暁人……」

「本当かよ」

「本当だって！」

「甘えられる環境つくるって言ったのは、菜々美だろ。だったらまずはお前から見本、見せろよ」

「……っ」

ドキン、と強く胸が音を立てた。

「見本って……」

もう、ダメだ。

こんな簡単に暁人が好きだと実感してしまう。

真っ赤に染まった顔。

ドキン、ドキンと強く音を立てる心臓。

外が暗くてよかった。

そうじゃなかったらきっと簡単に気づかれてしまっていたかもしれない。

「言って。俺だってお前の思ってることちゃんと知りたい」

まっすぐな瞳に射抜かれて、私は目を逸らせなくなる。

こんなにぶつかってきてくれる。

私は閉じていた口をゆっくりと開いた。

「あ、あのね……！　暁人に不満なんて本当にないんだよ。でも暁人のクラスメイトが来た時、少し嫌だったの」

「うん」

「暁人のこと好きじゃないよねって詩織ちゃんって子が聞いてきて、それもちょっと嫌だった」

「そうだよな。知りもしない相手にそんなこと聞かれたら、嫌な気持ちになるよな」

本当はそうじゃないんだけど、全部暁人のことが好きな私が悪いんだけど……。

「わがままかもしれないんだけどね……嫌だったの」

私がそう言い放った時、暁人は私をかばうように言った。

「わがままじゃない。菜々美の思ってること、知れてよかった」

なんでこんなに優しいんだろう。

鼻がツンとして涙が滲《にじ》む。

暁人があの時の合コンみたいにずっと嫌な人だったらよかったのに。

最初暁人が言ったように、兄妹同士、必要最低限しか話さない関係だったらよかったのに。

晩人が優しいから……彼を想う気持ちから逃げようとしても、どうしても好きだと思ってしまう。

「晩人……ありがとね」

たぶん、もう自分の気持ちにウソをつくことはできない。

私は、晩人のことが好きだ。

「帰るか」

「うん」

私たちは来た道を一緒に戻った。

「私も本音を言ったんだから、晩人も本音言わないとダメだから」

「気が向いたらな」

「そうやって誤魔化して……甘えるって約束したじゃん」

「全く、うるさい妹を持つと大変だな」

「誰がうるさい妹ですって！」

好きだとハッキリ自分の気持ちに気づいてしまったけれど、晩人に私に対する恋愛感情は一切ない。

私と晩人は兄妹。

だから。

「暁人の妹になれてよかったって思ってるよ」

「そーかよ」

私が伝えられるのはこれだけだ。

欲張っちゃいけない。

気持ちはずっと心に隠して……ちゃんと忘れるんだ。

気づいてしまった気持ち

暁人のことが好きなんだと自覚してから三日が経った。

暁人とは兄妹として普通に接するようにしてる。

「菜々美、そこの洗い物やっといて」

「え〜」

休日のお昼。

お父さんとお母さんが出かけている時に、ふたりで分担して家事を手伝っていた。

「じゃあ俺がやる。けど、父さんと母さんに菜々美は何にもしないって言いつけるけど？」

「やります……」

それは避けても何も意味がないと気づいたからだ。

避けたところで、暁人を嫌いになれるわけじゃない。

でも、だからと言って気持ちを伝えることはやっぱりできなくて、どうしたらいいかわからない状態だ。

けっきょくいつかは向き合うしかないのかな。

「菜々美、袖、下がってきてる」

「あ、本当だ」

洗い物をしていると、めくっていた制服の袖が手首のほうに下がっていた。

このままじゃ濡れてしまう。

すると暁人は後ろから私を包み込むように手を回し、袖をゆっくりと上げる。

「……っ」

――ドキン。

近い……っ。

暁人は丁寧に両方の袖をめくってくれた。

「ほら、これでいいだろ」

きっと何も気にしていないんだろうな。

私が意識してしまっていることも……。

夜、みんなで夕食を食べていると暁人が切り出した。

「今度、文化祭あるじゃん？」

そういえば、来週の土日は暁人の学校の文化祭。

晩人のクラスはお化け屋敷をやるらしく、最近晩人は遅い時間まで学校に残って準備をしていた。

顔に絵の具をつけて帰ってきた時もあったし、家から段ボールを持っていったりして、頑張っていた。

「もしよかったら父さんと母さんも来てくれないかな？　父さんが最近忙しそうなのは見てわかるんだけど、高校最後だし、どうかなって思って」

その言葉に驚いて私は彼のほうをまじまじと見つめた。

晩人が自分から、親に文化祭に来てほしいって言った⁉

お父さんが忙しそうな様子を見ていたら、今までの晩人なら遠慮して何も言わなかっただろう。

「晩人……」

お父さんはビックリしたのか、箸《はし》を止め固まっている。

「いや、忙しいなら無理にとは言わないんだけど」

晩人は気まずそうに目を逸らした。

「嬉しいよ、晩人……。晩人から、何かしてほしいって言われたのははじめてだ！

お父さん、何があっても絶対に文化祭見に行くぞ！　ビデオカメラ持っていって、ああ、そうだ！　担任の先生にもご挨拶しなくちゃいけないな」

お父さんは張り切ってそう答えた。

「張り切りすぎだろ、普通でいいから」

「そうかぁ？　ビデオカメラくらいはいいだろう？」

お父さん、嬉しそう……。

ずっとずっと自分の気持ちをしまいこんで甘えようとしなかった暁人。

それを見ていたお父さんも寂しくて、どうしたらいいかわからなかったはずだ。

暁人が自分から変わろうとしている。

なんだか私まで嬉しくなっちゃった。

「じゃあ当日はお父さんと私、菜々美で行きましょう！」

お母さんが提案をする。

「あ、えっと……」

本当はそうしたいんだけど……。

「菜々美は杏子ちゃんと文化祭来るんだろ」

「なんで知ってるの⁉」

「どうせそうだと思った」

出会いを求めている杏子ちゃんが、この機会を逃すはずがなかった。

もう一カ月以上前から、暁人の通っている学校の文化祭の日を把握《はあく》していたし、

「この機会にいい人を見つけるのよ」なんて張り切っていたっけ。

「じゃあ当日は父さんと母さんで見に行くよ。菜々美も時間ができたら、ぜひお友達に会わせてほしいなぁ」

「うん！　連絡するね！」

それから夕食を終え、私と暁人は二階に上がった。

「お父さん嬉しそうだったね」

私が暁人に声をかけると、彼は言う。

「そうか？」

そうか？って見ればわかるのに、照れくさくてそう言っているんだろう。

「でもどうしてお父さんたちを文化祭に誘ったの？」

「……ずっと言えなかったから」

「言えなかった？」

「父さん、仕事がいつも忙しそうだったから、負担になったら嫌だなと思って学校行事に来てほしいって言えなかったんだよ。でも……菜々美が言ったから」

「えっ」

「甘えろってさ。だから、俺も変わってみようと思ったわけ」

ずっとしてこなかったことをするって勇気がいるよね。

暁人なりに勇気を出したんだろうな。

「頑張ったね」

私がそう声をかけると、暁人はむっと口をとがらせて言う。

「子ども扱いすんな。お前のほうが学年も精神年齢も低いだろ」

なっ……精神年齢も⁉ そこはありがとうでしょう⁉

本当、素直じゃない！

「何よ、褒めてあげたのに！」

「ウソ。ありがとな、菜々美」

暁人は私にチラッと顔を見せてやわらかく笑った。

ドキンと胸が強く音を立てる。

優しい暁人の顔。

これから彼のこういう顔を見る人がたくさんいるのかな。

それとも、もう学校の人たちに見せてるの？

私しか知らない暁人をひとり占めしたい。

そんな欲望がふつふつと湧き上がる。

「暁人……」

ダメだ、ちゃんと抑えなきゃ。

ちゃんと妹として笑わないと……。


それから一週間後。

暁人の学校の文化祭の日がやってきた。

「わ〜にぎわってるね！」

まだ始まったばかりなのに、暁人の高校にはすでにたくさんの人がいる。

お父さんとお母さんは午後から来るらしい。

「うちのクラスの子も行くって言ってたよ！　イケメン探しするんだって。どうする？　暁人くん、いろんな人に狙われちゃうんじゃないの？」

「あり得そう……」

それどころか、クラスの女の子と一緒に回ったりするのかな。

詩織ちゃんも、暁人のこと誘いそうだし。

暁人が当日、どんな風に過ごすのかわからない。

いつお化け役をやるのかくらいは聞いておけばよかったかな。

こんなに人がいるんじゃ、せっかく来たのに暁人に会えないで終わっちゃったりして……。

はぁとため息をつく。

「何食べる？　ワッフル？　たこ焼きも食べたいよね！」

杏子ちゃんは食べものに夢中みたいだ。

さっそく近くにある屋台でたこ焼きを買って、イスに座り食べていた時。

「杏子……？」

誰かが杏子ちゃんに声をかけた。

振り返ると、そこには同《おな》い年《どし》くらいの男の子がいる。

「海斗《かいと》！」

「久しぶりだな！　二年ぶりくらい？」

「うん、まさかこんなところで会えるとは思わなかった～」

杏子ちゃんが親しげに話している。

誰だろう……？

「あっ、紹介するね。私と幼馴染《おさななじみ》の海斗。高校は別々なんだけど中学まで一緒で親同士も仲がいいんだ」

「そうなんだ！　こんにちは！」

私が頭を下げると、海斗くんと呼ばれる人は笑ってくれた。

いい感じに日焼けしていて、爽《さわ》やかな人だ。

でも杏子ちゃんに幼馴染がいるなんてはじめて聞いたなぁ。

「仲は良かったんだけど、高校入ってからお互い忙しくて全然会わなかったよね」

「本当、ちょうど杏子どうしてるかなって思ってたんだよ。なぁ、せっかくだし、よかったら一緒に回らない？　ちょうど俺の友達もひとりいるんだけど……」

「菜々美、どうかな？」

杏子ちゃんは私に聞いてくる。

杏子ちゃんも友達に久しぶりに会えて嬉しそうだし、友達もいるならにぎやかになるかも！

「うん、一緒に回ろう！」

私がそう返事をすると、海斗くんが言う。

「あ、ちょうどその友達も来たよ」

「わり、遅くなって。混んでた」

「友達って……」

両手にポテトのカップを持って入ってきた人を見て、目を丸める。

「け、景くん……？」

「あれ？　ふたりは知り合いなの？」

なんで景くんがここに……。

こんなところでも会っちゃうなんて、運が悪いんだろうか。

しかも一緒に回るのを承諾《しょうだく》してしまったばかり。

「友達、なの？」

杏子ちゃんがおそるおそる尋ねると、海斗くんは嬉しそうに言った。

「そうなんだよ。学校は違うんだけど、塾が一緒で仲良くなってさ……てか、そうか！　杏子たちと一緒の高校だから知ってるのか」

知ってるなんてもんじゃない。

私たちは前に付き合っていたんだから。

「ちょうどよかった。みんなで一緒に回ろうって話をしてたんだよ」

海斗くんが言う。

「いいね！　二人より四人のほうが楽しそうだし」

景くんも笑顔で答えた。

当然、この流れで今さら断るなんてできるはずもない。

「菜々美、平気？　途中で用事あるって言う？」

小さい声で尋ねる杏子ちゃん。

「う、ううん……！　大丈夫だよ。文化祭は大人数のほうが楽しいのは確かだし！」

杏子ちゃんと海斗くんの久しぶりの再会を、私のわがままで水を差すわけにはいかない。

「じゃあ行こうか」

そして私たちは四人で行動することになった。

「本当に偶然だよなぁ！」

景くんが私に話しかける。

海斗くんも杏子ちゃんに話しかけるので、自然と景くんと並んで歩く羽目《はめ》になってしまう。

杏子ちゃんは何度もこっちを見て気にしてくれるけど、それが申し訳なくて手を振って「大丈夫だよ」と伝えた。

やっぱりこうなるよね……。

「そういえば菜々美、あの彼氏とどうなった？」

「えっ」

『彼氏だけど？』

そういえばあの時、暁人が彼氏だって言ったんだった。

「あーえっと……」

どうやって説明しよう。

でもわざわざ違うって否定する必要はない。困っていると、景くんは言う。

「俺が言うのもあれだけどさ、菜々美。あいつと別れたほうがいいよ」

私は景くんの言葉に固まる。

「だって、人が話してるのに邪魔してくるし？　ああいうタイプ、絶対菜々美に嫌な思いさせるだけだと思うんだよなぁ〜。菜々美騙《だま》されてるよ」

どの口でそんなこと言ってるの？

「は、はは……」

もういいや。

景くんには何を言っても伝わらなさそう。

私は適当に話を合わせて流すことにした。

「あ、ほら杏子ちゃんたちと離れちゃうから、もう少し早く歩こうよ！」

でも景くんとふたりきりになることだけは避けたい！

景くんにそう促すけれど……。

「あれ、どこにいる？」

杏子ちゃんと海斗くんの姿はすでに見えなくなっていた。

ウソでしょ……はぐれちゃった？

人が多くてふたりを探すことができない。

「仕方ないから、俺たちふたりで回るか〜！　それで菜々美はどこに行きたいの？」

「えっ」

「一緒に回ろうよ」

「でも、はぐれちゃったし杏子ちゃんたち待ってたほうがいいよ」

お願い、ふたりきりなんて絶対に嫌。

しかし景くんは真面目な顔をして言う。

「でもさ～、あっちはあっちでいい感じなのに、俺らが邪魔するのは可哀想《かわいそう》じゃない？」

「じゃ、邪魔⁉」

「海斗、今相手いないし、杏子ちゃんとお似合いだったじゃん？　だったらこのままふたりきりにしてあげるほうがいいと思うんだよね」

た、確かにいい感じには見えたけど……。

なんでこの状態で隣にいるのが、よりによって景くんなの？

「ってことだから、俺らは俺らで回ろうぜ」

どうしよう……。

どうにかして途中で私だけ帰れないかな。

そんなことばかり考えていると、景くんはある場所にやってきた。

「見てー！　菜々美。お化け屋敷だって」

景くんはおどろおどろしい【呪いの館】と書かれた場所を指さした。

こ、怖そう……。じゃなくて……暁人のクラスがやってるやつだよね？

暁人、どこかにいるかな。

受付を見てみるけれど、姿はない。

中にいるのかな。

会えたらいいなと思っていたけど、お化け屋敷の中に入るのはさすがに無理。

苦手だし、景くんと入るなんてあり得ないし……。

「他に行こ……」

提案しようとした時、景くんは受付の人に声をかけていた。

「すみません、俺らふたりで入りたいんですけど」

「景くん⁉」

すると受付の人が言う。

「それではこちらをお付けください」

「えっ」

受付の人の手には手錠《てじょう》があった。

「こ、これは……？」

何かと聞こうとした時、ガチャっと手錠がかけられてしまう。

「こちらはカップルの方限定のオプション、手錠での脱出になります」

「ちょっと待ってください！　私たちはカップルじゃ——」

「まー細かいことはいいじゃん」

「それでは、怖〜い呪いの館をお楽しみください！」

私は半ば強引にお化け屋敷の中へと連れられる。

「待って景くん、やめようよ……今ならまだ」

「こっち行こうぜ」

それなのに、景くんはひとりで歩き出してしまう。

人の話、全然聞いてない……。

私は景くんに引かれるがまま、奥へと進む。

「景くん、出ようよ。こんなの無理だよ」

中は真っ暗で、おどろおどろしいＢＧＭが流れている。

「無理じゃないって。俺についてくればすぐ終わってるから」

暗いのだけで怖いのに。

しかも、こんなの……嫌だよ。

付き合ってもないのに、手錠で繋がれて進むなんて……。

距離も近くて、手も触れそう。

ドキドキすることはなく、嫌な気持ちになるばっかりだった。

なんでこうなっちゃうんだろう。私はただ暁人の姿を見たかっただけなのに……。

お化け屋敷の中は真っ暗で、何も見えない。

しかもすごく怖いのに、景くんはひとりで楽しそうにしてる。

不安ばかりが募っていく。

そんな中、血まみれの衣装を着たお化けが驚かしてきた。

「うらめしや〜」

「キャーッ！」

私は叫び声を上げてうずくまる。

もう無理……ゴールまで行くなんて絶対に無理。

「うわ〜こえー！　早く抜け出そうぜ！」

景くんははしゃぎながら、手錠をしているというのに一方的に走り出す。

「い、痛い……っ！」

景くんに引っ張られるせいで手錠が手首に食い込んで、ズキン、ズキンと痛み出す。

「景くん、急に走り出したら手錠が引っかかって痛いよ」

「仕方ないじゃん、こういうのは菜々美も俺に合わせてついてこないと」

そんなの無理だよ……。景くんは自分勝手だし、怖いし、痛いし……。

「こっち、ヤバい！　墓があるぞ、菜々美」

しかもお化け屋敷を出るまで景くんといないといけない。

もう、出たいよ……。

私の目から涙がぽたりと流れた。

ちゃんと断ればよかった。

嫌なんだってハッキリ言えればよかったのに。

私っていつもそうだ。

中途半端な対応しかできなくて、流されてしまう。

だから景くんともこんなことになったんだよね。

目から零れ続ける涙。

唯一よかったのは、暗いせいで泣いていることがバレなかったことだ。

景くんの歩調にできるだけ合わせながら進んでいく。

すると、すぐ横からお化けが出てきた。

「呪ってやる〜！」

「嫌……っ」

「うわぁ！」

足元まで届く長い髪で顔を隠した女の人が、髪の隙間《すきま》から私たちを見つめる。
真っ白い顔で、おでこにはお札《ふだ》がついていて……。
私たちは怖すぎて縮こまってしまった。
もう、嫌だ。
こんなところ無理だよ……。
「む、り……」
私が声を上げた瞬間。
──カチャ。
金属音が聞こえた
な、何？
私の手元が小さなライトで照らされている。
そして暗闇の中、私は誰かに手を掴まれた。
「ちょっ……何⁉」
そして私は立ち上がると、そのまま手を引かれた。
手錠が外れた……？
奥のほうから景くんの声が聞こえてくる。
手を引かれるがまま、足を動かしていると、急に目の前がまぶしくなった。

目を開くと、そこにいたのは血濡れになった白衣のお化け。

「きゃあああっ！」

叫び声を上げる私。

「おい、俺だっつーの」

「えっ」

聞き慣れた声がしてよく見てみると、目の前にいたのはお化け役の暁人だった。

真っ白な顔にも血のようなペイントがされていて、明るいところでも少し怖い。

でも……。

「あき、ひと……？」

「全く、何してるわけ？」

暗闇の中、手を引いてくれたのは暁人だったの？

「どうして……」

「どうもこうも、驚かそうとしたら誰かさんが泣いてるからだろ」

「私だってわかったの？」

「そりゃな。声聞こえたし……」

声だけで気づいてくれたんだ。

「でも手錠は？」

「ここ」

そう言うと、暁人はポケットから手錠を取り出した。

「これ、ボタンで簡単に開くようになってんの」

そっか。それじゃあ暁人が私と景くんの手錠を外して外に連れ出してくれたんだ。

「怪我してんじゃん」

暁人は私の手首に視線を移した。

手首は景くんに引っ張られたせいか、青くあざのようになってしまっている。

「冷やしに行くか」

そして、白衣を着たまま校舎裏の水道まで連れていってくれた。

「ありがとう」

暁人は私の後ろにまわり、手首を冷やすように水で流してくれる。

「痛かったろ」

「うん、ちょっとだけ……」

「どうして、あいつと一緒に入ることになったわけ」

「それは……偶然杏子ちゃんの幼馴染に会って、一緒に回ろうってことになったんだけど、その幼馴染と一緒に来てた友達が景くんで。最初は四人で回ってたんだけど、気づいたら杏子ちゃんたちとはぐれちゃって。私と景くんはふたりきりに……」

するると暁人はため息をついた。

「菜々美って本当、隙があるよな」

「ごめん……迷惑かけて」

「そうじゃなくて」

暁人はそう言うと、私の手を引っ張って耳元で言った。

「男がつけ入る隙つくんなよ」

「……っ、」

──ドキン。

なんでだろう……。

暁人がいつも以上にカッコよく見える。

お化けの格好してるのに。顔にだって血のペイントがあるのに、どうしようもなくカッコイイ。

もしかしてあの暗闇の中、助け出してくれたから？

暁人は私の手首を自分のタオルで拭《ふ》いてくれた。

「とにかく、杏子探して、景ってやつが追いかけてきたら逃げろよ」

「うん……」

すると、暁人のスマホが鳴る。

「ヤベ、勝手に出てきたから怒られる」

そうだよね。暁人はまだ出番がある。

もう、お化け屋敷に戻っちゃうんだ。

せっかく会えたのに寂しい気持ちになる。

もう少しだけ一緒にいたいよ。もっと暁人と話したいよ。

「あ、暁人……！」

私は気づけば声を上げていた。

言ったらダメだ。

暁人はクラスでも人気者で、お化け役が終わっても誰かと予定があるはず。

私なんかが誘ったらダメだ。我慢しなくちゃ。

そう思うのに……行ってほしくない。

「暁人……一緒に回りたい……少しだけでも、いいから……」

私は小さな声でそう伝えていた。

めいっぱいの気持ちが零れてしまった。

絶対に無理だって言われるってわかってるのに、なんで言っちゃったんだろう。

「………」

晄人は答えなかった。

ダメだよね……わかってる。だって忙しいって言ってたもん。

「ごめんやっぱり――」

そう言いかけた時、晄人はスマホの通話に出た。

「あ～卓也《たくや》？　抜け出して悪かったよ」

私はうつむく。自分勝手だって思われたかもしれない。

「それでさ、相談なんだけど、ちょっと急用入って。そっちでなんとか回してくれね？」

えっ。

私はとっさに顔を上げた。

「埋《う》め合わせは後でするからさ……うん、そう。悪いな、ありがとう」

そう言って電話を切る晄人。

「じゃあどっか回るか」

「でも仕事が……」

「そんな泣きそうな顔で回りたいって言ってくるやつを、ほっておけないだろ」

「晄人……」

「ほら、どこ行きたいんだよ」

どうしよう、嬉しい……。私のために、時間作ってくれたんだ。

心がドキドキする。

さっき、景くんといた時とは全く違う感情。

一緒にいる人が変わるだけでこんなに違うんだ。

＊

それから、私はすぐに杏子ちゃんに連絡を入れた。

杏子ちゃんも私と景くんがふたりきりでいることを心配していたけれど、今は暁人と一緒にいると伝えると、安心したみたいだ。

暁人はというと、クラスの人に見つからないように演劇部にメガネと帽子を借り、変装をしながら、私が回りたいところにつき合ってくれた。

お互いに食べたいものを食べたり、縁日に行ったり……射的《しゃてき》で私の欲しかったマスコットを取ってくれたり……すごく幸せな時間だった。

気づくと空も日が落ちてきている。

「暗くなってきたね」

「そうだな」

暁人はそろそろ帰らないといけないかな。

今日は暁人の時間、全部独占しちゃった。

「ごめんね、わがまま言って……」

「ふっ、可愛いわがままなんじゃん」

暁人は笑う。

私はほっとした。

今日の暁人すごく優しい。

彼のことを見て、何度も好きだと実感した。

学園祭が終わったらクラスの人と打ち上げに行くって言ってたから、帰りは遅くなるだろう。

もう暁人といられないんだ……。

この特別な時間は終わりになっちゃうんだね。

残念に思っていると、彼は言った。

「最後に行きたいところがある」

「行きたいところ？」

「こっち」

彼は私の手を掴むと、校舎の奥に向かった。

「ど、どうしたの？」

「いいから」

もうかなり見て回ったけど、まだ何かあるのかな？

しばらく進み、暁人が連れてきたのは空き教室だった。

「ここ……？」

「ああ」

入っていいの？

おそるおそる扉を開けるけれど、机とイスが置いてあるだけでガランとしている。

「ここで何をするの？」

「見てればわかるよ」

見てればわかる？

暁人が言うから、黙ってその場所にいると。

「菜々美、こっち」

暁人は窓際に私を呼んだ。

窓の外を見つめる私。

ここ、何もないけど？

そう思った瞬間、突然大きな音が鳴り響いた。

――ヒュー！

――バンッ。

窓の外に大きな花火が打ち上がっている。

「ウソ……」

こんなに近くで、ふたりきりで花火が見られるなんて……。

「ここ、穴場なんだ。誰も知らない」

――ヒュー！

――バンッ。

「綺麗……」

あまりにも綺麗で涙が出てきそうになる。

文化祭に来てよかった……。

勇気を出して一緒に回りたいって言ってよかった。

「暁人、ありがとう……私、一生忘れない」

「大げさだろ」

暁人は照れくさそうに鼻をかいた。

「でもさ、私とでよかったの？　暁人、本当は回りたい人がいたんじゃないの？」

そう尋ねると、暁人はまっすぐに私の顔を見て言った。

「俺は菜々美と見たいって思った」

――ドキン。

それはどういう意味？

ドキドキが加速する。

聞いちゃいけないのに、聞いてしまいたくなってしまう。

「どういう、意味？」

涙でうるんだ瞳で彼を見ると、暁人は困ったように頭をかいた。

「別に、そのままの意味」

「そのままって……」

――バンッ！

私たちの会話を花火の音が遮る。意味なんてどうでもいいか。

この綺麗な景色を暁人と見ている。

それだけで十分幸せなことだ……。

花火も終盤なのか、たくさんの花火がバーン、バーンと音を立てて打ち上がった。

ああ、終わっちゃう。

時間が止まっちゃえばいいのに……。

花火が終わったのか、あたりは真っ暗になった。

「終わったのかな」

「そうみたいだな……」

あーあ。これで本当に終わりだ。

「もう行かなきゃだね」

私がそこまで言うと、暁人は尋ねた。

「今日、どうして俺のこと誘ったの？」

「それは……えっと、ごめん迷惑だったよね！」

「違う。そうじゃない、菜々美の口から理由が聞きたいだけ」

そんなの言えないよ。

暁人が好きだから、暁人と一緒に回りたかったなんて。

「どうしてだろう……なんか勢いで……」

「俺は今日、菜々美に一緒に回りたいって言われて嬉しかった」

「えっ」

私はぱっと顔を上げる。

するとその時。

「ん……っ」

暁人の唇が私の唇に触れた。

「菜々美……」

——バーン！

暁人が真剣な顔で私の名前を呼んだ時、終わったはずの花火が大きな音を立てて打ち上がった。

とっても綺麗なはずなのに、そんなの一切目に映ってなくて、私はずっと暁人の顔を見つめていた。

唇に走る温かい感覚。

暁人からの突然のキス。

全然理解が追いつかない。

どうしてキスしたの？

暁人は何を思っていたの？

聞きたいことはいっぱいあるのに、何も言葉にできなかった。

——ブーブーブー！

すると、暁人のスマホが振動する。

一度は無視しようとするものの、暁人はずっと鳴り続けるスマホにため息をつきながら電話に出た。

「もしもし……ああ、わかったから。すぐに戻るから」

暁人は電話を切ると私に言った。

「悪い、クラス全員で写真撮るからすぐに来いって言われた」

「わ、わかった」

「今日遅くなるから。気をつけて帰れよ」

暁人はそう言うと、背中を向けて去っていってしまった。

キスの理由……聞けなかった。

今でもまだ温もりが残ってる。

はじめての……キス。

唇を指でなぞる。

暁人からキスされるなんて考えてもなかった。

頬がほてっている。きっと顔は真っ赤だ。

この熱は、しばらく冷めそうに、ない。

隠さなきゃいけなかった言葉【暁人side】

『俺は菜々美と見たいって思った』

何してんだ、俺は……。

菜々美を助けたらすぐ戻ろうと思ったのに、あまりに寂しそうな顔をするからそのまま置いていけなくて、午後の半分をふたりで過ごした。

一緒に回っている時間、菜々美はずっと笑ってて楽しそうで、時々見せる笑顔にドキっとした。

たかだか文化祭でこんな喜ぶか？ 喜びすぎだろ。

そう思いつつも、何をしたら菜々美はもっと喜ぶだろう。

そんなことを考えるようになっていた。

そこで最後に連れてきた花火。

昼休みに先生が花火の打ち上げ場所を教えてくれて、よく見える穴場を知った。

でも全然興味がなかった。

どうせ、クラスの役割で忙しいし、そんなの一緒に見たい相手もいないしなって。

でもこの時は、覚えていてよかったと思った。

まさか菜々美と見るなんて思ってもなかったけど。

菜々美は花火をうっとりと見つめて、それから嬉しそうに言った。

『暁人、ありがとう……私、一生忘れない』

一生なんて大げさなやつ。

『もう行かなきゃだね』

なんて、泣きそうな顔をして言うもんだから俺は……背中を向けようとする菜々美の手を掴んで。

そして、気づけばキスをしていた。

どうかしてる。

妹にキスなんて。

でもそんなことも考えられないくらい、俺はただ菜々美を振り向かせたくて仕方なかった。

何してるんだ。本当に。

後悔しても、もう遅い。

菜々美は顔を赤く染めて、こっちを見つめる。

最後に打ち上がった花火がかすむくらい、菜々美の表情が目に焼きついていた。

『菜々美……』

俺は今、何を伝えようとした？　ヤバすぎるだろ。

引き寄せてキスをして〝好きだ〟と伝えようとしていたなんて。

＊

「じゃあ俺、クラスの合唱曲歌いま～す」

「一発目それかよ」

文化祭の打ち上げで、ファミレスに行きカラオケに移動してきた俺たち。

クラスメイトのみんなが盛り上がっている中、俺は菜々美のことが頭から離れなかった。

「ねぇ、暁人。さっきからずっとぼーっとしてない？　せっかくの打ち上げなんだからさぁ、もっとパーっと楽しもうよ！」

詩織が俺の腕に巻きついてそんなことを言う。

「ああ……」

自分でも上《うわ》の空なのがわかる。

どーすっか。

家に帰ったら、菜々美と今までどおりの距離感でいられるだろうか。

意識せずにいられるだろうか。

『暁人……』

俺はいつから菜々美のこと、そういう風に見ていたんだろう。

最初は妹として、いや……仲良くする気すらなかったのに。

気づけば、家族との時間を大事にするようになって、菜々美といる時間も自分にとって心地いいものになっていた。

菜々美が喜んでいるのが嬉しくて、理性が飛んだ。

あんなことあってはいけないのに。

「っていうか暁人、今日花火の時間どこにいたの？　ずっと探してたのに」

「あーいろいろ回ってた」

「本当は一緒に見たかったのにな」

詩織がつぶやくと、まわりの女子が援護するように言う。

「詩織ね、花火が終わった後暁人に会えますようにってお願いしてたんだよ。そしたら、まるで返事をするみたいに最後の花火がバーンって！　あれ、すごかったよね」

「最後の花火って、なかなか点火しなくて打ち上げるタイミングが遅れちゃったんだって〜！　まるで私の願いを叶えようとしてくれてるみたい」

そうか。

あの花火が止めてくれたのか。

あの花火がもしそのまま打ち上がっていたら、俺は菜々美に好きだと伝えてしまっていただろう。

花火によって遮られた告白。

まだ戻れるってことか……。

「そうだよな……」

あれでよかったんだ。

なにもなかったことにすればいい。

そうすれば俺は、菜々美と家族でいることができる。

「そうだよなって、嫌だ〜、暁人もそう思ってくれたんだ！　ねぇ暁人、ずっと言いたかったことがあるんだけど……」

詩織の言葉を遮って俺は伝えた。

「わり、ちょっと外の空気吸ってくる」

「えっ！　ちょっと暁人、どういうこと⁉」

盛り上がっているクラスメイトを後に、俺はカラオケルームを出た。

外が涼しくて心地いい。そのまましばらく外で頭を冷やした。

菜々美と一緒に回らなければよかった。

でも、菜々美があんな男とふたりでいるから。

助けた後、可愛い顔して一緒に回りたいっつーから。

俺も調子に乗ったのかもしれない。

「バカだな……俺が言ったんだろ」

父さんの幸せを壊したくないって。

今の俺は完全に真逆のことをしてる。

クラスメイトと盛り上がるような気分でもなくて、俺は友達に連絡だけ入れると、カラオケには戻らずそのまま家に帰った。

今は十時。

家に帰ったら菜々美は寝てるだろうか。

もうこんな時間だし、部屋にはいるだろう。

今日、顔を合わせないで寝れば……。また普段どおりの明日がやってきて、兄妹に戻ることができる。

そんなことを思いながら家に帰宅した。

家では、父さんと母さんがリビングで楽しそうに話をしていた。

「おお、暁人。お帰り」

「菜々美は？」

「もう寝るって言ってたよ」

ほっと息をつく。

すると父さんは改まってこっちに向き直った。

「今日、暁人の楽しそうな顔を見れて安心したよ」

父さんと母さんがやってきた時、ちょうどお化け役でお化け屋敷の中に入る前だったため、一緒に写真を撮ることができた。

父さんはすごく嬉しそうな顔をしていた。

「今日、差し入れもありがとな。にしても多すぎだけど」

父さんは学校に来るなり、クラス全員分のドーナツを差し入れしてきた。

「お父さん、張り切りすぎよねぇ？　ドーナツ屋さんで三十六個くださいっ！なんて言ってね？」

「いやぁ……嬉しくてな」

父さんは照れくさそうに頭をかいた。

「あなたずっと寂しかったのよね？　暁人くんが、学校での姿をお父さんに見られるのを嫌なんだって思って、遠慮してたみたい」

「母さん……」

やっぱり父さんも俺に気を遣っていたんだ。

俺だって父さんに負担をかけたくないって気持ちがあった。

だからこそ、俺たちはすれ違ってきた。

「本当にふたりとも似てるのね」

母さんが言う。

「父さん……俺ずっと父さんに甘えないことが正しい生き方なんだって思ってた。でもそうじゃないんだって気づいたんだ。だからこれからは、自分の思ったこと伝えていいかな？　もしかしたらわがままなことかもしれないし、父さんが忙しいのに無理させるかもしれない」

俺の言葉に、父さんはぱっと表情を明るくさせて言う。

「ああ、どんどんわがままを言ってくれ。父さんもそのほうが嬉しいよ」

こんな会話をしたのは初めてだった。

「暁人は菜々美ちゃんと一緒にいるようになってから少し変わったな。父さんは安心したよ」

俺が変わった……？

そんな自覚はなかったけど、こうやって父さんに気持ちを伝えてみようと思ったのも菜々美の言葉があったからだ。

菜々美のお陰で俺は……素直になれたのかもしれないな。

それから俺は菜々美に会わないままベッドに入った。

クラスメイトからは【カラオケの後、詩織がお前に告白するつもりだったんだぞ】なんて言われたが、興味はなかった。

今はそれどころじゃない。菜々美とのこれからのことだ。

俺と菜々美がもし、恋愛関係になったら父さんも母さんも悲しむだろう。

さっき父さんと話して実感した。家族の幸せを壊したくない。

菜々美の部屋の前を静かに通り過ぎる。

部屋からは物音は聞こえなかった。

きっと寝たんだろう。今日一日かなりはしゃいでいたみたいだし……。

そう思った瞬間、ガチャっとドアが開いた。

「暁人、ちょっと話したいんだけど、いいかな……？」

菜々美は、気まずそうに目を逸らしながら俺に尋ねる。

――ドクン。

「何？」

「部屋行ってもいい？」

菜々美はそう言って、俺の部屋を指さした。

どうする……？　頭が回らないまま、一緒に俺の部屋に入る。

菜々美はほんのりと顔を赤らめながら、でも少し困惑した顔で聞いてきた。

「花火の時のキス……どういう意味だったのかなって」

どういう意味かなんて。

あの時はただ何も考えず、菜々美のことを愛おしいって思った。

自分のものにしてしまいたくなった俺は、そのまま菜々美の唇にキスをした。

でも、そんなことを伝えたらどうなる？

俺たち家族は崩壊する。

ダメだ。それを伝えたらダメだ。

考えろ。一番いい選択はなんだ。ぐっと拳を握る。

そして俺は菜々美に言い放った。

「……別に、ただ魔が差しただけ」

「えっ」

菜々美は大きな目を揺らした。

そして震える声で問いかける。

「魔が差したって……」

「言わなくてもわかるだろ。雰囲気に流されて、みたいな？　ほら俺、健全な男子高校生だからさ」

「雰囲気であんなこと、したの……」

「そうだよ、それ以外に何があんの？」

できるだけ冷たく言い放つと、傷ついたような顔をした菜々美は目をうるませた。

「そんな理由で、私に……妹に……キスしたの？」

「そうだけど」

「最低……っ！」

わかってる。でもそうしないとダメなんだ。

「暁人なんて大嫌い！」

菜々美はドンっと俺を突き飛ばして部屋から出ていった。

バタンっと閉まったドアの音が虚《むな》しさを増幅させる。

「大嫌い、か……」

言われて当然だよな。

キスをなかったことにするなんて。

魔が差して妹にキスしたなんてセリフ、我ながら最低で俺は自らをあざ笑う。

そっと唇に触れる。

今でも覚えてる。菜々美のやわらかい唇。

「ごめんな、菜々美」

家族の形を守るにはこれしかないんだ――。

消えない気持ち

「魔が差した、か……」

暁人にそう言われた時、すごく心が傷ついた。

きっと期待してしまったんだ。

一緒に文化祭を回りたいと言ったら、その気持ちに応えてくれたし、綺麗な花火が見える場所に連れていってくれた。

あの特別な時間が、私と暁人は同じ気持ちなんじゃないかって錯覚させていた。

そんなわけないのに。

私たちは兄妹。決して想いが重なることはない。

なんでそれを忘れていたんだろう。

暁人の唇の温もりが今も消えない。

魔が差した、なんて簡単な気持ちでしないでほしかったよ。

＊

あれ以来、私たちの関係はギクシャクするようになった。

できるだけお互いを避けるような生活を送り、夕飯で顔を合わせる時もお互いに顔を見ることはなく、でも平静を装って食事をする。

「菜々美も暁人くんの文化祭、楽しんでたみたいじゃない？」

「あ、うん……」

「男の子が隣にいたから話しかけるの遠慮しちゃった～。あの子とはいい感じなの？」

「えっと……」

お母さんが言っているのは景くんのことだろう。

「ね、暁人くんも気になるわよね？」

お母さんの問いかけに暁人はさらりと答える。

「そうだね」

まるで私のこと、何とも思っていないみたいに。

それにまた傷ついて、苦しくなる。

「景くんとはそんなんじゃないよ」

ごちそうさまと手を合わせると、私はすぐに食卓を立った。

「お母さん、お父さん。私、テスト勉強があるから部屋に行くね」

「あらテストは終わったばかりでしょう?」

「ちょっと、出来が悪くて……」

「熱心だね。それなら暁人に教えてもらったらいいんじゃないか?」

お父さんが言うのを、私は全力で首を振った。

「大丈夫だから……!」

そして逃げるように部屋にかけ込む。

「はぁ……」

こんな生活をいつまで送るんだろう。

だって暁人の顔を見たら、あのキスを思い出してしまう。

また好きだと思ってしまうから、必死に見ないようにするしかない。

暁人のこと、忘れられたら、楽なのに。

学校に着くと、日に日に元気がなくなる私を見て、杏子ちゃんは心配そうに言った。

「どうかしたの? 菜々美、あの文化祭以来ずっと元気ない。やっぱり景くんのこ

「とで悩んでる？」

「ううん、違うの」

景くんは文化祭の後、私が勝手にいなくなったことについて、さんざん文句を言ってきた。

しかし、杏子ちゃんと海斗くんが間に入って話をつけてくれたお陰で、しぶしぶ引き下がることになった。

負けたくないと思ったのか、最終的に景くんは「俺も菜々美といるの、別にそんなに楽しくないし」と、吐き捨てて去っていった。

それから景くんが私に話しかけてくることはない。

景くんの言動には驚いたけど、当然落ち込んでいるのはそのことじゃない。

「まだ連絡来るの？　それならまた景くんには私からハッキリ言うから……」

「違うの！　あの後ね……」

私は杏子ちゃんにこれまでのことを全て説明した。

「暁人くんが、菜々美にキス……？」

「でもね、魔が差したんだって。笑っちゃうよね。なんでよりによって妹にするんだろうね」

杏子ちゃんは、私の背中をさすりながら優しく言ってくれた。

「暁人くんが、そんな理由でキスするような人には見えないけど」

私もそう思いたいけれど、もう期待しないって決めたから。

暁人は、私に対して一定の距離を置くようになった。

きっと本当に、何の感情もなかったんだと思う。

「あのキスをなかったことにされたのが、苦しかった……っ」

視界がじわりと滲む。

「杏子ちゃん、私……暁人のこと、好きでいるのがつらい。だから気持ちを消したいの」

「菜々美……」

私の真剣な気持ちを聞いた杏子ちゃんは、ポンと肩を叩いた。

「さんざんさ、暁人くんをすすめるようなこと言ったけど、私は菜々美の気持ちを一番に尊重したいって思ってる。だから諦めたいんだって思うなら、協力するよ」

「ありがとう……」

杏子ちゃんに話を聞いてもらえて少しだけほっとした。

「でも簡単に忘れるなんてできないよ」

「うん……きっぱり忘れるには、新しい恋が必要だと思う」

新しい恋、か……。踏み出せるのかな。

「やっぱりさ、合コンじゃない？」

杏子ちゃんは言う。

「暁人くんと出会ったのだって合コンだったでしょ？　だから出会いを繰り返せば、また好きな人ができると思うの。私も協力するからさ」

「でも杏子ちゃんだって、海斗くんが……」

「あー……あいつはただの幼馴染よ！　今は菜々美の気持ちを切り替えるほうが先でしょ」

私はうつむく。

暁人と出会った時も恋なんてできるわけないって思っていたのに、たった一回の出会いで、すごく惹《ひ》かれて好きになることができた。

「また、できるのかな……好きな人」

「きっとできるわよ！」

もし出会えたら、もう暁人のことで悩む必要だってなくなるんだよね。

それなら……。

「そうだよね……行ってみるよ、杏子ちゃん」

「決まりね！」

杏子ちゃんは、再びお姉ちゃんに合コンをセッティングしてもらうように頼んでくれた。

＊

話はトントン拍子に進み、それから三日後に合コンが開かれることになった。

「じゃあまた後でね～！」

「うん！」

放課後、私たちはまっすぐ家に帰って、準備をする。

今日は六時に駅前で待ち合わせをしている。

家に帰り、メイクをしているところでドアが開く音が聞こえた。

――ガチャ。

あれ、お母さんもう帰ってきたんだ。

玄関まで迎えに行くと、そこにいたのは暁人だった。

どうして暁人が……。

今日は塾がある日だって言ってたはず。

「お、おかえり」

急にふたりきりで顔を合わせることになり、戸惑ってしまった。

「ただいま」

久しぶりに暁人の顔を見た気がする。

ここのところ時間をずらして会わないようにしてたから。

「早かったね」

「今日塾休みだから」

「そ、そうなんだ」

変に緊張してしまい、私はそれを誤魔化すように言った。

「今日は出かけてくるから」

「どこに？」

「えっ」

ここ最近の暁人は私との会話を避けるように、当たり障りのない返事しかしなかった。

だからきっと「そうなんだ」って流されると思ったのに。

「どこにって……電車で広川《ひろかわ》駅まで」

「誰と？」

なんでそんなこと聞くの……？　ずっと避けていたクセに。

「えっと杏子ちゃんとか……」

「〝とか〟って、他に誰かいんの？」

晩人の目がまっすぐにこちらを見つめている。

久しぶりに彼と目が合って、心臓がドキンと強く音を立てた。

なんでそんなに追及してくるの？

「別に晩人には、関係ないよね……」

聞かないで。私は晩人を忘れようとしてるのに。

こんな時だけ話しかけてこないでよ。

「菜々美、いつもと格好違うだろ」

杏子ちゃんのお姉ちゃんがセッティングしてくれた合コン相手は大学生。

だから、今回も大人っぽく見えるように、少し首元の開いたワンピースを着ている。

「化粧だって……」

晩人がさっと私の顔に手を伸ばしてくる。

私はとっさにその手を振り払った。

「や、やめてよ……晩人には関係ないじゃん！」

もう嫌なのに。ドキドキしたくないのに。

「関係なくない」

──ドキン。

暁人は私の手を掴んだ。いつもと違う真剣な表情。

どうして引き下がってくれないの？

こんな時だけ、話しかけてくるなんておかしいよ。

「暁人はさ、ただのお兄ちゃんなんだよ？　妹の恋愛に干渉してくるなんておかしいよ」

私が突き放すように言うと、彼は我に返ったようにその手を引っ込めた。

「おかしい、か……そうだよな」

視線を落として小さく笑って言う。

傷つけた。そう思ったけれど、もう遅かった。

「悪い、忘れてくれ」

暁人はそれだけを言うと、そのまま二階へ上がってしまった。

何、だったの……。ズルいよ。

今日だっていつもみたいに、距離を置いてくれたら何も思わないで済んだのに。

どうして、ドキドキだけ残していくの……。

私が家を出るまで暁人が部屋から出てくることはなかった。

でも暁人への気持ちをなくすことができれば、兄妹として、前みたいに楽しく話せると思うんだ。全てが上手くいくには、それしかないんだよね。

そんな切ない気持ちを抱えたまま、杏子ちゃんと合流をした。

「今回もカッコイイ人お願いねってお姉ちゃんには言っておいたから」

「ありがとう」

「頑張ろうね」

「うん！」

頑張って忘れる。

私にできることはただそれだけ。

優しい人が来るといいなと思っていたのだけど……。

「菜々美ちゃん、杏子ちゃん。ふたりとも可愛いんで飲みまぁ～す！」

「じゃあ俺、俺タイプ～！」

……正直、ちょっとノリについていけない。

相手の大学生の人はふたりで、正人《まさと》さんと良二《りょうじ》さんというらしい。

すごく人当たりがよくて、話は面白いんだけど、とにかくテンションが高い。

笠原さんたちもだけど、大学生ってみんなこんな感じなのかな？

ぶっきらぼうな暁人とは全然違う。

暁人なんて、こっちのこと興味ありませんって顔に出してたもんね。

っていうか普通に考えたら、暁人のほうがおかしいよね。

いくら人数合わせだったからって、合コン来てるのに全然喋らないしさ。でもそのクセ、帰り際は優しくて……。

ずっと冷たいままでいてくれたら、好きになることもなかったのにな。

「あれ？　菜々美ちゃん、元気なくなぁい？」

「あ、ごめんなさい……」

せっかく新しい恋をしに来たのに、私……暁人のことばっかり考えてる。

ダメだ。ちゃんと集中しないと。

この目の前にいる人たちが、新しく好きになる人かもしれないんだから。

そう思ってたくさん話をしたけれど、どうしても暁人のことが頭から離れなかった。

「ごちそうさまでした」

お会計を終えて、連絡先を交換して私たちは解散することにした。

杏子ちゃんと駅に向かおうとすると。

「まだ遊ぼうよ」

行く手を阻まれてしまった。

「いえ……今日はちょっと。連絡先も交換しましたし、これで――」

「ええ～それは寂しすぎるでしょ」

良二さんが杏子ちゃんの手を掴み、私たちふたりを引き離す。

「あ、あの……」

「菜々美ちゃんはこっちね～」

「えっ」

正人さんは私の背後に回ったかと思うと、いきなり手を引いて、杏子ちゃんとは別の方向に誘導した。

「ちょっと……！」

私と杏子ちゃんは別々にされてしまった。

「杏子ちゃ……」

「大丈夫だよ、杏子ちゃんには良二がいるから。俺らは俺らでよろしくしようよ」

正人さんは私の肩に腕を組んでくる。

抵抗しても、離れないくらい強い力。

嫌だ……。気持ち悪い。

「あの、帰らせてください！」

「これからが楽しい時間じゃん！　飲んでまっすぐ帰るとか、今ドキ大学生であり得ないっしょ」

正人さんの顔が近くなる。

「ちょっ、やめてください」

大学生のことなんか知らない。私たちは、ただ大学生のフリをしてるだけで……。

「もっと楽しいことしようよ」

拒んでいるのに、どんどん人けのいない方向に進んでしまった。

どうしよう……ここじゃあ、何かあった時に叫んだとしても誰も来ない。

「私、家が厳しくてもう帰らないといけなくて」

「親なんて適当に言っておけばいいって。はい、こっち行こうね〜！」

力も強くて無理やり引っ張ってくる。

「本当にもう、帰らせてください！」

「こうなるってわかって来たんでしょ？」

違う。私は暁人以外の人を好きになれたらって思って参加したのに。

「……放してっ！」

大きな声でそう言うと、正人さんの態度は一変した。

「おい、あんまり大きい声出すな！　傷つけられたくないだろ？」

正人さんはさらに力を入れて、私を引っ張るように進んだ。

「やめて！　どこに連れてくの！」

「ホテルに決まってんだろ」

「やだ……」

ただ暁人を忘れたいだけだったのに……。どうしてこんなことになっちゃうんだろう。

私が暁人を好きだと思ってしまったから？

兄なのに、好きという感情をなくせなかったから？

身体が震えて引きはがすことができなくなった。

怖い……。お願い、誰か助けて！

「たすけ……」

声を上げようとした瞬間――。

「何、してんだよ……」

後ろから聞き慣れた声が聞こえてきた。

振り向くと、そこには走ってきたのか息を切らしている暁人がいる。

「無理やりホテルに連れ込むとか犯罪だけど？」

「きゃっ！」

暁人……。

また助けに来てくれたんだ。

暁人は正人さんの腕を掴むと、ギリギリっと力を入れて捻《ひね》り上げた。

「な、何だよお前は……」

「こいつの兄ちゃんですけど？」

どうして毎回助けてくれるんだろう。

どうしてこんなにカッコいいんだろう。

だから、〝好き〟の気持ちを消せないんだ。

「兄ちゃんって、過保護かよ！　放せよ！」

「放すかよ。このまま警察連れてってやろうか？」

暁人が低い声で伝えると、正人さんは焦ったのか、

「わ、わかったから！」

手を振り払ってその場から逃げていった。

怖かった……。私は震える手をぎゅうっと握りしめた。

「あ、暁人ありが……」

お礼を言おうとした時、暁人は声を荒らげた。

「なんでまた年齢偽って合コンなんて行くんだよ！　こうなるって想像できなかっ

たのか！」

私は暁人が来てほっとしたのもあってか、涙が止まらなくなってしまった。

「だって……」

暁人を忘れたかった。でも忘れるなんてできなかった。

ずっと暁人のこと考えて、ため息ついて……。私、全然暁人のこと嫌いになれてない。

流れ続ける涙を暁人は指でぬぐう。

「心配になるだろ」

心配……？

それって妹としてでしょう？

顔を上げると、暁人はもう怒っていなかった。

「もうこんなことすんなよ」

やわらかい声で安心させるように言う暁人。

やっぱり暁人は優しくて、困ってる時は絶対に助けてくれる私のヒーローだ。

「そうだ、杏子ちゃんが！」

「そっちももう救出済みだ。杏子はまだ駅の近くの飲み屋街のところにいたからな。駅前で待ってるように言ってある」

「よかった」

私たちはすぐに駅まで戻った。

「菜々美……！」

私を見つけてかけつける杏子ちゃん。

「ごめんね、本当にごめんね。あんな人たちだなんて」

杏子ちゃんもきっと怖い思いをしたはずだ
「暁人くん、菜々美の帰りが遅いのが心配で探しに来てくれたんだって。それで私を見つけて……良二さんを問い詰めて、菜々美たちの場所を聞き出して走ってくれて……」

そうだったんだ。

私たちはふたりそろって暁人にお礼を言った。

「ありがとう、ごめんなさい」

「本当だよ、バカふたり」

なんて憎まれ口を叩かれたけど、暁人は優しかった。

それから杏子ちゃんを家まで送ると、私と暁人はふたりきりになった。

まるであの日と同じだ……。

でも今は前とは違う。

目の前にいるのは好きになってはいけない人だとわかってる。

「…………」

暁人は何も話さない。

ただ私の歩幅に合わせてゆっくり歩いてくれていた。

すると。

私を追い越すようにさっと人が通った。

「わっ……」

私はビクリと身体を揺らしてしまう。

ビックリした……。

人が後ろから来ると、さっき手を強く掴まれたことを思い出してしまう。

もう怖くないはずなのに……なんだか不安になる。

すると突然、暁人は私の手を取った。

「あ、暁人……？」

「手、震えてる。怖いならちゃんと言えよな」

暁人は安心させるようにぎゅっと私の手を掴んだ。

暁人のこの行為は、私を安心させるためで何の意図もない。

そうわかっているのに、期待しては傷ついてしまう。

「ズルいよ……」

気づけば私は口を開いていた。

「そんなことしたら……勘違いしちゃうよ」

暁人の足がピタリと止まる。

「優しくするのも、キスするのも……私のこと好きなんじゃないかって期待しちゃうの！」

私は暁人の手を振り払った。

「今日暁人を好きな気持ちを忘れようと思って、合コンに行ったの。暁人のこと忘れたいのに……こんな風に優しくされたら……また好きだって思っちゃうよ」

目に溜《た》まった涙が頬を伝ってポタリと地面に落ちる。

視界がボヤけて暁人の表情がわからなかった。

こんなこと、暁人が困るってわかってる。

でももう吐き出さずにはいられなかった。

ちゃんと私の想いを聞いて、しっかり断ってほしい。

そしたら今度こそ、暁人への気持ちを忘れるから。

そんな気持ちで暁人を見つめた瞬間。

「なかったことにしてやろうと思ったのに、バカなやつ」

「きゃっ！」

暁人は勢いよく私を抱きしめた。

「あ、暁人……⁉」

「〝魔が差した〟でキスするわけないだろ」

えっ、どういうこと？

「だって暁人はあの時──」

「お前のこと、妹として見たことなんてなかった……。菜々美が好きだ」

ビックリして涙が止まる。

何を言ってるの……？

「俺だって……。ずっと菜々美のこと考えてた」

──ドキン。

暁人の力強い眼差しが私を捕える。

「あの時、キスしたのは菜々美が好きだって気持ちがあふれたから。いつか菜々美が他の男の前でも嬉しそうな顔して笑うのかって思ったら、嫉妬して思わずキスしてた」

「……っ」

ウソ、でしょ……。

「でも……俺たちは兄妹。なかったことにするしかないと思った」

晩人も私と同じ気持ちだったたってこと？

不安と期待が入り混じり、彼のことを見つめる。

晩人は目を逸らさず、まっすぐに私を見ている。

「でもできなかった、なかったことにするなんて」

唇をかみしめる晩人。そして彼は小さくつぶやいた。

「余計に菜々美を意識するばかりだった」

「……っ」

期待していいの？　同じ気持ちだって思っていいの？

「もうこれ以上は無理だ」

そして私の目を見て……。

「菜々美が好きだ」

ハッキリと告げられた好きという言葉。

嬉しくて、鼻がツンっとして信じられなかった。

でももう誤魔化したくない。だって好きなんだもん。

兄妹だって、私はずっと好きだった。抑えるなんてできない。

「好き。晩人が好き」

怖いけど、もう逃げたくない。

自分の気持ちにふたをしたまま一緒に暮らすなんて無理だ。

必死の想いに答えるように晩人は私をぎゅっと包みこんだ。

「なぁ、菜々美。俺たちの関係はまわりに伝えられないし、デートをする時も人目を気にしないといけない。それでも菜々美は我慢できるか？」

晩人の優しい声に私はこくんと頷く。

「できるよ」

だって、ずっと我慢して苦しかった。

好きな気持ちを否定して、そうじゃないんだって思い込むようにして……。

それ以上につらいことなんてない。

もう、我慢したくない。だって私は晩人のこと好きなんだもん。

すると晩人は「わかった」とつぶやいた。

そして私の顔を持ち上げると、そのままキスを落とす。

「んっ……」

「菜々美のことが好きだ。妹としても彼女としても大事にする。だから……俺と付き合って」

通じた気持ちとすれ違い

『菜々美のことが好きだ。妹としても彼女としても大事にする。だから……俺と付き合って』

ようやく思いを伝えて、通じ合うことができた私たち。

すごく嬉しくて幸せな気持ちでいっぱいだったけど、暁人はルールを提案した。

それは、お父さんとお母さんがいる時には、徹底して兄妹でいること。過度にくっついたりしないようにすること。

私と暁人は兄妹であることは変わりない。

それが世間に知られたら、私たちも白い目で見られるし、お父さんとお母さんを悲しませることになる。

ちょっと寂しいけど、仕方ないと思った。

好きな人と付き合うことができたんだ。

これくらい我慢しなきゃね。

『菜々美が好きだ』

嬉しかった。

暁人の口から「好き」という言葉が聞けたこと。

いろいろ大変だろうけど、暁人と一緒に乗り越えていくんだ。


そう思っていたのに……。

「今日もまだ暁人帰ってないの？」

「そうみたいなのよね……」

付き合ってから一週間。

暁人は全然家に帰らなくなった。

元々塾が八時まであることは知っていたけど、暁人はその後すぐに知人の両親が経営する飲食店で、夜の十時までアルバイトをするようになった。

大学受験に向けて勉強だってしないといけないのに、どうしてこのタイミングでアルバイトなんて始めたんだろう……。

「お父さんはいいの？　こんな時期に暁人がアルバイトするって」

私は暁人が帰ってこないことを不満に思いながら、お父さんに尋ねる。

「うん、今の時期に無理することはないんじゃないかって父さんも言ったんだ。お小遣いが足りないなら、家の手伝いをすればあげるとも言ったけど、今のうちに自立できるようにアルバイトもしたいんだって言ってね。あまりに真剣に頼んでくるものだから、身体を壊さない程度ならいいと言ったんだ」

「暁人くん、本当に将来のことをよく考えているのね」

「大人びていて心配だけど、最近はハッキリ思ってることを伝えてくれるようになったから、きっとつらいと思ったら相談してくれるだろう」

「そうね」

お母さんたちは楽しそうに暁人のことを話してたけど……バイトなんて今しなくたっていいじゃん。

せっかく付き合えたのに、全然暁人と顔合わせてないんだよ？

これまでのことが夢だったんじゃないかって思っちゃう。

「菜々美も今のうちから将来のことを考えておかないとね。まだ高二だって思ってたらあっという間に時間が過ぎちゃうわよ」

「わかってるよ……」

私は不満を抱えながら、ソファでテレビを見ていた。

早く暁人の顔が見たい。

ゆっくり話をしたいよ……。

それからしばらくすると、

「ただいま」

晩人が帰ってきた！

私は走って玄関まで向かう。

「おかえり！」

声をかけると、晩人は驚いたような表情を浮かべて「おう……」とだけ返事をした。

それだけ……？

私を追い越してリビングに向かった晩人は、手を洗うとすぐに用意された夜ごはんをひとりで食べていた。

食べている間はお父さんとお母さんにバイトの話をしたり、塾での出来事を話したりして楽しそうだった。

晩人が寝るのをリビングで待つ私。

しかし……。

「じゃ、父さん母さんおやすみ」

せっかく待っていたのに、晩人は私を置いてすぐに二階に上がってしまった。

ずっと晩人のこと待ってたんだけど⁉

夜くらいは、一緒に過ごせると思っていたのに拍子抜けだ。

私も慌てて立ち上がるとお父さんたちに告げる。

「私も寝るね！　おやすみ！」

声をかけると急いで暁人を追いかけた。

「暁人！」

小さい声で彼を呼ぶと、暁人は振り返る。

やっとふたりの時間だ。

嬉しくて、笑って見せると、暁人はため息をついて言った。

「菜々美、不自然すぎ」

「えっ」

「俺のことあんな笑顔で出迎えたら、父さんたちに不審に思われるだろ」

「だって……」

嬉しかったんだもん。

暁人、全然家にいないから会う時間もなくて……。

私たちは同じ屋根の下で暮らしているけど、ほとんど顔を合わせて会話をすることがない。

しかも私たちは兄妹で、付き合ってることを隠してる。

だからふたりきりで過ごしたりデートしたりすることもままならない。

シュンっとうつむくと、頭に暁人の手が乗せられる。

「ま、可愛かったけど」

「えっ」

勢いよく顔を上げる私。

暁人は優しく笑っていた。

今なら言えるかもしれない。

「ねぇ、暁人……」

暁人とちょっとでもいいから話したい。

「少し、どっちかの部屋で話さない？」

そう思って聞いたけれど、暁人はぱっと私から手を離した。

「悪い、疲れてるんだ。だから今日は寝る」

「あ、そっか……」

そうだよね。

塾の後にアルバイトだってしてるんだ。

そりゃ疲れるよね。

「じゃあ明日の朝とかは……？　暁人が準備終わるまで待ってるし」

「別に待ってないでいいよ、遅くなるし」

「でも……」

「ほら、あんまり遅くまで起きてると寝坊するぞ」

暁人はそう言って自分の部屋に戻っていった。

何だろう……なんだか距離を空けられた気分。

私のこと避けてるわけじゃないよね？

ただ疲れているだけだよね？


暁人とすれ違う生活はそれから一週間以上続いた。

「おかえり」

「ああ」

玄関まで出迎えに行っても素っ気ない返事をするばかりで、暁人はすぐにリビングに向かってしまう。

それがお母さんたちにバレないようにするためだってわかってる。

でもやっぱり寂しくて仕方なかった。

朝も暁人のほうが早く登校するため、ゆっくり話す時間はない。

イチャイチャするどころではなかった。

はぁ……。

私とほとんど会話することもなく自分の部屋に戻ってしまった暁人の背中を見送ると、私も自分の部屋に行き、外の空気を吸おうと窓を開けた。

すると、同い年くらいのカップルが手を繋ぎながら、楽しそうに話しているのが見える。

いいなぁ……。

私だって手を繋いだり、夜こっそり会いに行ったりしたい。

すぐ隣に好きな人がいるのに。

好きって言葉も言えなくて、手を繋ぐこともできない。

こんなに近くにいるのに、心の距離はすごく遠い。

＊

学校に行くと杏子ちゃんが「最近彼氏とどう？」と聞いてきた。

杏子ちゃんだけには、暁人と付き合った次の日に報告をしていた。

まるで自分のことのように喜んでくれて「これからノロケ話がたくさん聞けるね」なんて言ってくれていたのに、そんな話はひとつもなかった。

「昨日も全然話してなくて……」

私がポロっとこぼすと、杏子ちゃんはビックリしたような顔を見せた。

「話してない？　だって同じ家にいるんでしょう？」

まわりにバレないように声のトーンを落としてくれる杏子ちゃん。

「一緒にいるけど、勉強が忙しいみたいですぐに自分の部屋に入っちゃうんだ」

すると杏子ちゃんは、腕を組んでビシっと答えた。

「それは釣《つ》った魚にエサをあげないタイプの男ね！」

「さ、魚……？」

「付き合って自分のものになったから、満足しちゃう人がいるらしいのよ」

そ、そういうこと……？

暁人ももう私と付き合ったし、家も同じだから……別にいいやってほっとかれてるってこと？

確かに暁人だったらやりかねない感じはするけど……。

「これはやっぱりアレしかないわね」

「アレって？」

「名付けて、ドキドキさせようお色気作戦！」

「な、何それ……」

「せっかく菜々美と暁人くんは一つ屋根の下で暮らしてるんだから、ちょっとドキっとするような格好をして誘惑しちゃえばいいのよ。そうすれば男は、この子を大事にしないと他の人に取られちゃうって危機を感じるでしょう？」

「そういうものかな……」

「だって菜々美、部屋ではどういう格好してるのよ」

「え～それは暖かくて機能性のある部屋着とかだけど」

「袖がヨレたやつ着てるんじゃないの？　肌だって見せてないでしょう？」

「う、それは……」

杏子ちゃんに言われて振り返る。

確かに袖がほんの少しヨレていたり、毛玉がついてたりするかも。

もしかしてそれを見て暁人は、本当に私と付き合っていいのか、冷静になったとか？

さぁっと身体から血の気《け》が引いていく。

そうじゃないとは言い切れない。

「大体、菜々美たちは特殊なんだから！　普通は家の中では気を抜いていいけど、彼がいる前で気を抜いたら、すぐ女の子に見られないって言われる可能性もあるんだからね！」

「う、う……」

なんで忘れていたんだろう。私たちは一緒に暮らしてるんだ。

その分、普段は見せないダメなところを見せてしまっているわけで……引かれる可能性だって十分あったんだ……。

「杏子ちゃん、どうしよう……」

「そうと決まれば私に任せなさい！」

杏子ちゃんはポンっと胸を叩いて自信ありげに笑った。


放課後――。

「じゃあ菜々美、これで今日の夜頑張ってね！」

「ま、待って本当に大丈夫かな？」

杏子ちゃんは学校終わり、私をランジェリーショップに連れていってくれた。

可愛らしい下着や、脚の露出がある大人っぽい部屋着を見た後、女の子らしい部屋着を購入。それだけではなく、ちょっぴり派手めの赤い下着を指さして「菜々美にはこれね」なんて言われたから、つい買っちゃったんだけど……。

ちょっと派手すぎない？

私も私で、暁人にフラれたくないから勢いのままに購入してしまって……冷静になった今、後悔に襲われている。

「いい？　今日の夜が勝負よ。こういうのは早ければ早いほどいいんだから！　絶対に上手くいくはずだから頑張ってね」

「きょ、杏子ちゃん……」

「報告よろしく」

そう言って杏子ちゃんは去っていってしまった。

＊

それから夜になり、私は買った下着を着るかどうかずっと考えていた。

積極的にアピールだって言ってたけど、暁人の迷惑になるかもしれない。

暁人は疲れてるって言ってたし、邪魔になることをしたいわけじゃない。

でももし、本当に私の女っけのない姿を見て、幻滅して距離を取っていたとしたら……。

今まで落ち込むばっかりで何もしようとしなかったけれど、行動しなきゃ状況だって変わらない。

暁人の気持ちを知るために頑張るんだ！

するとと下から暁人の声が聞こえてきた。

帰ってきたんだ。

いつもは玄関まで迎えに行くけど、今日は自分の部屋にこもっていた。

親には「勉強するからもう二階に行くね」と伝えてある。

当たって砕けろだ！

私は思い切って今日新しく買った下着と、部屋着を着ることにした。

自分には似合わなそうなくらい、フリフリしたデザインで白の可愛らしい部屋着。

とても肌触りがよく、モコモコで中に着ている下着のレースの部分だけ見えるようになっている。

下はハーフパンツ。スリットから脚が見えるようになっていて、いつもと比べてはるかに露出度が高い。

なんか、恥ずかしいかも。

急に気合入れてきたって思われそう……。逆に引かれたりしないかな。

不安を抱えながら、何度も鏡で確認をしていると、夕飯とお風呂を終えた暁人が階段を上る音が聞こえた。

私の部屋の前を通り過ぎて、暁人は自分の部屋に入っていく。

ちょっとは話しかけてくれるかなって思ったけど、全然こっちのこと気にしてないじゃん……。

私は意を決して部屋を出ると、暁人の部屋のドアを開けた。

「ごめんノックしないで……」

暁人は驚いた顔をしている。

「今日こそは話したいなって思って……」

「もう……寝るから」

またそれ……？

せっかく部屋着を変えてみたけど、暁人は反応すらしてくれない。

「暁人、最近ずっとそうじゃん。私たち付き合ってから一回もゆっくり話してないし……」

「おい。約束したろ、母さんと父さんの前ではそういうのしないって」

「今はふたりとも下にいるじゃん」

私は少し声を荒らげた。

だって寂しかったんだもん。

わかってる、私たちは兄妹でいないといけないこと。

でもここまで我慢しなくちゃいけないの？

私は彼氏ができたことをまわりに見せつけたいわけじゃない、ずっと一緒にいたいわけでもない。

ただふたりで話したいだけなのに……それすらもダメなの？

私の視界はじわりと滲んでいく。

やっぱり杏子ちゃんの言うように、冷静に考えたら、妹と付き合うなんておかしいって思ったのかな。

一緒に暮らしてるから、私のこと彼女として見れないと思ったのかな。

悲しい気持ちが心を支配してくる。

「暁人の考えてること、全然わからないよ……」

ぽたり、と涙が頬を伝って流れる。

「何だよ、泣くことないだろ」

暁人はため息をつきながら、そんなことをつぶやく。

呆れた……？

やっぱりめんどくさいって思ったかな。

すると暁人は私の涙を指の腹でぬぐった。

「泣かせたのは俺が悪いけど……こっちは菜々美が悪いから」

耳元でそうつぶやいた後。

「えっ、きゃっ！」

暁人はそのまま私をベッドの上に押し倒す。

「ちょっ、何して……」

「そんな可愛い格好して男の部屋来るとか、どうなるかわかってやってんの？」

暁人はそう言うと、私の服のファスナーに手をかける。

「や、ダメ……！」

そしてファスナーを少しだけ下ろした。

「見えちゃう！」

私は慌てて手で前を隠すけれど、暁人に手を捕らえられてしまう。

「隠すなよ、そうやって誘惑しにきたんだろ」

「あ、まっ……」

「俺の気持ちも知らずに全く……困ったやつ」

暁人は、力強い眼差しで私を見下ろした。

怒ってる？

暁人の気持ちがわからない。

「言ってくれないと……わからない。暁人が何考えてるかわからないよ……っ」

「あーそう。じゃあ、教えてやるよ」

暁人……？

すると彼は私の両手を頭の上でひとまとめにして拘束した。

「ちょっ……」

「この服、菜々美に似合ってて可愛い」

暁人は私の耳元でそっと囁《ささや》く。

そしてひとさし指を私のお腹から上を目がけてツーっとなぞった。

「んっ……」

暁人の触れたところがくすぐったくて、ぞくりとする。

「お風呂上りの菜々美、髪が濡れれて、誘ってるみたいで抱きしめたくなる」

さらに暁人の指はお腹から胸を通って首までやってくる。

「あっ、ダメ……」

「菜々美を俺だけのものにしたい」

──ドキ。

そしてクイっと上を向かせると、彼と目が合った。

「あきひ、」

獲物を狙うような鋭い眼差しに、私の心臓は強く音を立てる。

言葉を遮るように暁人は言う。

「触れたい、触りたい、めちゃくちゃにしたい」

晩人はまっすぐに私に向かって言ってくる。

「何言って……」

「俺は今そう思ってる」

耳元に流し込まれる晩人の声。

その声に思わず反応してしまう。

「んんっ」

彼から目を逸らしたら、一瞬のうちに奪われてしまいそうで逸らすことができない。

「こんなに好きなのに、なんでわかんねぇかな」

小さくつぶやいた晩人は私の首筋にキスをする。

「だ、ダメだよお母さんたちにバレちゃう……」

「菜々美が言ったんだろ、二階にいないからって」

手を拘束されて、もがくことしかできない。

視線から逃れることすらも与えてくれなくて、まっすぐに気持ちをぶつけてくる晩人。

「俺以外にその格好見せるの禁止だから」

ハッキリと聞こえてきた言葉に驚いた瞬間――。

「んんっ」

強引にキスを奪われた。

「あきひ……っん！」

何度も角度を変えて、交《か》わされるキス。

ぐいっと手で押してもビクともしなくて、繰り返されるキスに身体の力が抜ける。

「はぁ……っん」

まるでけものみたいにかみつくようなキスは、私が腰を抜かすまで続けられた。

「もう、ダメ……っ」

くたっとベッドに身体を預けると、暁人は言う。

「悪い、やりすぎた」

必死に呼吸を整えていると、暁人は私の頭を撫でた。

そして私と暁人は身体を起こすとお互いにしっかりと目を見て話をした。

「本当はずっと我慢してる。この家にいるうちは手出したらダメだとか、兄でいなくちゃとか必死なんだ」

「どうして……そこまでする必要は……」

「あるんだよ」

やっぱりそれは、お父さんたちの幸せを壊したくないから、だよね……。

「抑えが利かなくなるから」

「えっ」

「一緒に暮らしてると、可愛いなとか思わず言っちまいそうだし、菜々美の顔見るとストッパーが全部外れそうになる」

「あ、暁人……」

思いもしなかったことに私は顔を熱くした。

そんなこと思ってくれていたなんて知らなかった。

「これでわかったか、俺の気持ち」

「わ、わかったよ……っ」

そう答えるしかないじゃんか。

こんなにハッキリ言われたら……。

暁人が私のこと嫌いになったんじゃないかって心配だったから、本当によかった。

「菜々美、目つぶって」

「え、目?」

「うん」

私は言われたとおり、目をつぶる。

すると暁人がベッドから離れていく音が聞こえた。

何だろう。

不安に思いながらもそうしていると、暁人の声が聞こえた。

「いいぞ」

目を開けると、暁人はあるものを私の前に差し出していた。

「何、これ……」

「遊園地のチケット」

「どうしたのこれ……」

「バイトして買った」

「えっ！」

「ここ、うちから少し遠いから。これなら、人の目を気にせず菜々美とデートできると思って。父さんにお金もらうこともできるけど、それじゃあ格好つかないしな」

「ウソでしょ……」

暁人がバイトを始めたのって、私を遊園地に連れていってくれるため？

「どうしよう、嬉しい……っ」

不安だったことが全部なくなって、思わず涙があふれ出る。

「泣くなよ」

「だって、暁人忙しいのにこんなにしてくれて……」

「そりゃ大事な彼女のためですから」

そっか。

本当に私の勘違いだった。

暁人は私のこと想ってくれていたんだね。

……好きだ。

暁人のことが大好きだ。

私は暁人にぎゅうっと抱きついた。

「来週の日曜日に行こう。それまでちゃんと待てしてろよ？」

「はい……っ」

ほてった顔のまま幸せに浸る。

一緒にいれるこの時間がずっと続けばいいのに――。

特別な遊園地デート

楽しみにしていたデートの日がやってきた。
私と暁人はそれぞれ友達と遊ぶ約束があると両親に伝えて、時間をズラして家を出た。
駅前で待ち合わせをして、一緒に遊園地に向かう。
この日の電車代も暁人が出してくれた。
たくさんしてくれて……私も暁人に何かお礼がしたいな……。
暁人はあの後バイトをやめた。
元々お金が溜まったらやめることになっていたそうだ。
だから家での時間も少しできて、また家族そろって夕飯が食べられるようになった。
でも暁人の言いつけどおり、私は家族といる時は妹として振る舞っている。
だってそのために暁人がこのデートを用意してくれたんだもん。

今日は、新しく買った白いブラウスに大人っぽいカーディガン、ロングスカートをはいて気合いを入れてきた。

「また背伸びして大人っぽい服にしたのか？」

暁人が意地悪を言ってくるから、私も言い返す。

「今度は暁人に見せるためだけだもん」

「……っ、それはズルいな」

ふふっ、私すごく浮かれちゃってる。

「楽しみだな」

「うん……」

しばらくすると大きな観覧車が見えてきた。

電車を降りて、遊園地まで向かうとあたりには人がたくさんいる。

「すごい、地方でも結構人いるね。バレたりしないかな？」

すると暁人がさっと私の手を繋いだ。

「大丈夫だろ。今日はそういうのなしで楽しもうぜ。そもそも俺たちが兄妹って知ってる人はいないんだから」

「うんっ！」

意外だ……。暁人のほうが気をつけろよって言いそうなのに。

私と同じくらい浮かれてるって思ってもいいのかな？

中に入るとさまざまな乗り物があった。

よくよく考えたら私、遊園地に来るのってはじめてだ。

「小さい頃さ、お母さんは仕事で忙しくて、遊園地に行きたいって言える状況じゃなかったんだ。だから家族で遊園地に行ったんだ〜！っていう友達の話を、羨ましいなって思ってたの。だから彼氏と――」

彼氏と来られてよかった。

そう言おうとして我に返る。

やだ……っ、私何言おうとしてるの……。

「だから？」

「いや……その……」

「彼氏と何？」

意地悪な顔をする暁人が聞いてくる。

私は小さい声で言った。

「だから、彼氏と来られてよかったなっ……」

「ふっ、素直じゃん」

だって今日くらいはって思ったから……。

「絶対楽しませてやる」

暁人は楽しそうな顔をしながら言った。

「あれ、乗らね？」

そう言って暁人が指さしたのは、コーヒーカップだった。

案内板にはこんなことが書かれている。

【このコーヒーカップは遠心力で動いているので、ハンドルは飾りです。乗っている人が密着することでスピードが速くなります】

み、密着……？

「俺たちのカップが一番回るようにしようぜ」

「みんながいるのに、恥ずかしいよ……」

「誰の目も気にしないって言っただろ」

うう……。

そんなこと言われてしまっては、乗らないわけにもいかない。

十五分くらい並んでいると順番が回ってきてしまった。

「ではカップル二名様、ご案内します」

カップルだって……嬉しいな。

ここでは兄妹でいなくていい。堂々としていられるんだ。

私たちは近くにあったカップに乗り込んだ。

「で、なんでそんなに遠いんだよ」

私が暁人と十センチ近く開けて座っていると、暁人がずいっとこちらに寄ってくる。

「だって恥ずかしくて……」

「恥ずかしいとか言っていいのか？　デート終わって後悔しても知らねぇぞ」

後悔……？

確かに帰った後、もっと素直になっていればって思いたくはない。

暁人がせっかく遠くまで連れてきてくれたのに……。

私はちょっとだけ暁人の近くに移動をした。

「及第点」

「これで勘弁《かんべん》を……」

「ダーメ。正解はこっち」

暁人は私をぐいっと引き寄せると、肩と肩がピッタリくっつくくらいの距離になった。

それからさらに腕を絡めて笑う暁人。

「こうだろ？　菜々美ちゃん」

――ドキッ。

暁人……こういうの一番やりたくなさそうなのに、すごい楽しんでる……。

「それではアトラクション、スタートでーす！」

コーヒーカップは係の人の陽気な声と共に動き出した。

身体がピッタリくっついて、それと同時にカップが高速で回転する。

ぐらり、と揺れて、私は暁人に抱きしめられる形になった。

「きゃあっ！」

「すげぇ」

思わず笑ってしまうほどグルグル回るカップは、終了するまで速いスピードで回り続けていた。

「ずっと、回ってた……」

「確実に俺たちが一番密着してたな」

ドキドキして、すごく楽しかった……っ。

「目回ったろ」

「少しだけね」

「何か買ってくるから、そこ座ってな」

暁人はいきなり激しい乗り物に乗ってしまったからと、私をベンチで休ませてくれた。

遊園地ってこんなに楽しいんだ。

暁人と……彼氏と来られてよかったな。

ベンチに腰を下ろして、次は何に乗ろうかななんて考える。

すると突然、高校生くらいの背の高い男の子に声をかけられた。

「あの、すみません」

「あ、はい！」

目の前の彼は困ったように眉毛を下げた。

「実はこのベンチで手袋をなくしちゃったんですけど、見かけませんでしたか？」

「見てないですけど……手袋ですか？」

「紺色で薄いタイプなんですけど……」

こんな時になくものをしたら、気分も下がっちゃうよね。

しばらくベンチのまわりを見てみるけど、手袋は落ちていなかった。

「ないですね……」

「そっかぁ……」

その彼は落ち込んだような顔を見せた。

「インフォメーションで聞いたら、もしかしたら届けてくれるかもしれないですよ」

「インフォメーションってどこにあるかな？」

「確か入口のほうにありました。あの角を曲がってまっすぐです」

「あ〜、じゃあ一緒に来て案内してくれると嬉しいな」

「わ、わかりました。すぐそこまでなら」

ちょっと強引だなと思いつつも、それだけ大事な手袋だろうと思って歩き出す。

少しだけ道案内して戻れば大丈夫だろう。

しかし、その男の子の言動は何だか変だった。

「何かさ、すごくスタイルいい子がいるなって思ってたんだよね。今ひとり？」

「いえ……そんなことより、インフォメーションに——」

「そんなのどうでもいいよ、キミみたいな子と遊べるなんて最高」

「えっ！　遊びません！　彼氏がいますし、手袋がないって言うから」

「えーでも、俺だったら彼女置いてったりしないけどね」

男は私をグイっと引き寄せる。

「何でもおごるから俺と一緒に回ろうよ」

「結構です！」

彼の手を引きはがそうとした瞬間、私は誰かに引き寄せられた。

「何、人の彼女連れ去ろうとしてんだよ」

低い声の暁人が片手にペットボトルを持ちながら威嚇《いかく》する。

「いや、インフォメーションの場所がわからなくて案内してもらおうと……」

「インフォメーションは入口。何なら俺が一緒に行きましょうか？」

「い、いらねえよ……」

男は悪態をついて帰っていった。

よかった……。

「暁人、ありが――」

お礼を言おうとした瞬間、デコピンをされた。

「痛……っ、何するの⁉」

「なんでほんの数分でいなくなるかな」

「だって、困ってるって言ってたから」

「あのなあ！　男なんてみんなそういう風に言って、近寄ってくんだよ。本当、菜々美は男を知らなすぎ」

「な……っ、みんななんて限らないじゃん！」

「限るんだバカ。もっと警戒しろ」

助けてくれたのは嬉しかったけど、バカまで言うのはヒドくない？

私がむっとした顔で暁人を見つめていると、暁人は降参とでも言うように手のひらを上げた。

「嫉妬したんだよ。あんな男に、菜々美との大事な時間を、ちょっとも奪われたくねぇし……」

暁人は拗《す》ねたように口をとがらせる。

か、可愛い。

本音を伝えるのが苦手で誤魔化すように放ってしまった言葉なんだとわかると、私は嬉しくなる。

「私だって！」

暁人のこと独占したいって思ってる。

それから私たちはお昼を食べ、アトラクションに乗ったり、ショーを見たりして時間を過ごした。

「すっかり暗くなっちまったな」

「本当だね」

気づけばあたりは薄暗く、もうすぐ閉園の時間。

嫌だな、まだ帰りたくないな。

暁人と手を繋いで、笑い合って「好きだ」ってまわりを気にしなくても伝えられる。

そんな時間がずっと続けばいいのに。

そうはいかないんだよね……。

「暁人もこれからますます忙しくなるよね？」

「そうだな……」

暁人は大学受験本番に向けて勉強に集中してる。

これからは塾のコマ数を増やすとも言っていた。

家に帰ってもゆっくりするような時間はなく、勉強漬けの日々になるだろう。

「そういえば、暁人の進路の話って聞いたことなかったよね。何か目指してるものでもあるの？」

「あー……」

私が尋ねると、暁人は恥ずかしそうに鼻をかく。

「聞く？」

「私だって知りたいよ！」

お母さんたちは知ってるみたいな口ぶりだった。

私だって彼氏の夢くらい応援したい。

「まぁ……医者」

「えぇっ！　お医者さん⁉」

暁人が白衣を着て聴診器《ちょうしんき》を持つ姿を思い浮かべる。

か、カッコイイ……！

ってそんなやましい気持ちで見たらダメだ！

「どうしてお医者さんになりたいって思ったの？」

「母さんが病気で死んでから……ずっと考えてたんだ。人の命を救うような職に就《つ》きたいって」

すごい……。

私は暁人の手をぎゅっと握った。

お医者さんになるのは難しいっていうけれど、暁人なら絶対になれると思う。

「私、応援する！　暁人の夢」

「ありがとな」

暁人は嬉しそうに笑った。

「これからさ、菜々美との時間もかなり減ることになると思う。不安にさせることがあるかもしれない」

私はぶんぶんと首を振った。

「大丈夫だよ」

だって暁人はいっぱい気持ちを伝えてくれた。

今日を思い出せば、暁人も私と同じ気持ちなんだって思えるから大丈夫だ。

それから私たちは観覧車の前にやってきた。

「時間的にはあれが最後か……」

「大きい……」

ずっと乗ってみたいって思ってたんだよね。

恋愛ドラマや少女漫画で、必ずデートの最後に乗る観覧車。

どういうものなんだろう……。

係の人はニッコリと微笑んでイベントの案内をする。

「今ちょうどカップル限定のイベントを行ってるんですよ。頬とかでもいいのでキスして頂けたら、カップル専用シートに乗ることができます」

キス……!? そんな恥ずかしいことできないよ。

「あ、いえ……私たちは」

断って普通のシートに乗ろうとした時。

暁人が私の体をグイっと引き寄せてそのまま頬にキスを落とした。

「……っ!?」

「わあ～ステキです！ ありがとうございます。では、こちらのカップルシートにどうぞ」

顔を熱くしたまま、私は席に座る。

暁人は余裕な表情を浮かべていた。

「こういうの、一番めんどくさいって言いそうなのに！」

「普通ならな。でも菜々美は特別だから」

――ドキン。

そっか……私のためにしてくれたんだ。

というかここ、何がカップルシートなんだろう？　見たところ、普通のゴンドラと変わらない気がするんだけどな。

「菜々美、ここマジックミラーになってるぽいぞ。俺らから外は見えるけど外から俺らは見えないらしい」

なるほど、それでカップル限定なんだ。

私は暁人と向かい合って座ろうと思ったら、暁人は私の手を引いた。

「こっち」

暁人の隣に強制的に座らされる。

「何したって俺たちのこと、外からは見えないんだよな？」

ニヤリと笑う暁人。

「イケないこと、できるな」

暁人は私の耳元で囁いた。

「ちょっ、何言って……っ」

でも……観覧車のまわりには普通に歩いている人がいる。

本当に見えないのかさえもわからない。

「だ、ダメだよ！」

かあっと熱くなる顔。

「まだ何もしてないけど？」

暁人は意地悪な顔で笑った。

「冗談だよ、はじめてなんだろ？　観覧車」

「うん」

そう言って暁人は私の手を握る。

「暁人は？　他の女の子と乗ったりした？」

「ねぇよ。俺も菜々美がはじめて」

嬉しいな……。

観覧車はどんどん上がっていく。

特別な空間で、今だけは正真正銘ふたりの時間。

時間が止まっちゃえばいいのに。

そしたら帰らなくてもいいし、兄妹に戻る必要もない。

ずっとここにいたいよ。

すると何かを感じとったのか、暁人は手を強く握った。

「菜々美」

そして真剣に私の顔を見る。

「俺らは、父さんと母さんに幸せになってもらいたいって思ってる。だからその分、菜々美にはつらい思いをさせるかもしれない」

わかってるよ。

「でも覚えておいてほしい。俺はずっと菜々美だけを見てる」

ドキン、と心臓が強く音を立てる。

たくさん愛を伝えてくれて、バイトでお金を貯めて遊園地にまで連れてきてくれた。

本当に幸せな時間だった。

「菜々美が好きだ」

暁人がそう言った瞬間、観覧車は頂上に到達した。

目と目が合ってそっと落とされるキス。

「ん……っ」

心地よくてほっとして、不安とか、寂しさとか全部暁人が奪い去ってくれる。

だから大丈夫だって思った。暁人の手を握り、私も伝える。

「私も大好き」

暁人は自分の胸に私を引き寄せた。

「あったかい……」

「ああ」

いつまでもこうしていたい。

「帰りたくないな」

でも終わりは必ずやってくる。

観覧車はあっという間に地上に戻ってしまった。

「お疲れ様でした、出口はあちらになります」

外には並んでいる人がいて、もうふたりきりではないんだと感じた。

でも今日は、私たちもカップルとして過ごすことができた。

「今日はありがとね、本当に楽しかった」

「俺も」

暁人は遊園地を出た後も手を繋いでいた。

「暁人、もうそろそろ離さないと……」

「まだいいだろ」

もう少しだけ……私もそう思っていたから嬉しかった。

それから私たちは電車に乗って家の最寄り駅まで移動した。

手はいつの間にか離れていて、互いに距離を取った。

そして最寄り駅に着いたら……。

「じゃあ俺が時間潰《つぶ》して、後から帰宅するから」

「うん」

私たちはバラバラに家に帰った。

ずっと一緒にいた分、すごく寂しい。

でも……。

『覚えておいてほしい。俺はずっと菜々美だけを見てる』

そう伝えてくれたから。

これからは寂しくても頑張るんだ。

家に帰るとお父さんとお母さんが出迎えてくれた。

「おかえり菜々美。お友達と楽しかった？」

「うん、楽しかったよ」

「暁人もうそろそろ帰るって今、連絡が来たぞ」

「じゃあ今日の夕飯はどこかに食べに行こうか」

「うん！」

私は元気よく返事をする。

今度は妹として、暁人を出迎えるんだ。

「ただいま」

「おかえり！　今日外食だって〜！」

今は家族として、笑顔を作る。

大切な思い出を胸に——。

暁人の進む道

それから一カ月が経ち、一月になると暁人はかなり忙しくなった。

塾のコマ数を増やしたので帰りの時間は遅いし、帰ってきてもごはんを食べてお風呂に入ったら、部屋にこもってまた勉強をする。

私も暁人の邪魔にならないように、飲み物や夜食を運んだら、長居せず自分の部屋に戻った。

本当はもっと話したいけど、暁人がお医者さんになる夢を応援したい。

寂しくなったら遊園地の時に言ってくれた暁人の言葉を思い出して、大丈夫だと自分に言い聞かせた。

いよいよだもんね。受験……。

暁人は、電車で一時間半程度かかる少し遠い大学を第一志望にしているらしい。

実家から通うって言っていたから、受験が終わればゆっくりした時間が取れるだろう。

でも次は私が受験生かぁ……。

そんなことを考えていると、夕食後にお母さんが慌てたように言った。

「あっ、いけない！　明日仕事で旧姓《きゅうせい》の印鑑《いんかん》が必要なんだった」

「薫、持ってなかったか？」

「スタンプ式がいいんだけど、インクがもう出なくなっちゃったのよ」

「それは困ったね」

お父さんはそう言うと、スマホで売っているお店を調べ始めた。

「隣町のホームセンターならまだ営業してそうだから行こうか」

「ありがとう、助かるわ」

お父さんが運転する車でふたりはお店に行くことになった。

「菜々美は、眠かったら先に寝ていていいからね」

「わかった！」

返事をするとお父さんとお母さんは家を出ていった。

シーンと静まり返った部屋。

ひとりで起きていてもしょうがないし、私も自分の部屋に行こう。

そう思っていると、二階から暁人が下りてきた。

「あれ、勉強は？」

「ちょっと休憩。父さんたちどっか行ったのか？」

「うん、お母さんが印鑑必要らしくて隣町まで買いに行ったよ」

暁人はソファに腰を下ろす。

「疲れたでしょ、今お茶入れてあげる」

私がキッチンに向かおうとした時。

「そんなんいいから」

暁人は私の手を掴むとそのまま自分のほうに引き寄せた。

「きゃっ！」

私は暁人の膝の上に座らされる。

「ちょっ、お母さんたち帰ってきたら」

「今出たばっかりだろ。一時間くらいは戻らないって」

「わかってるけど……」

こんなの久しぶりでドキドキする。

暁人が後ろから私の腰あたりに手を回す。

すると、彼は私の肩に頭を乗せた。

「充電させて」

彼は疲れた身体を私に預けて、ゆっくり呼吸をしていた。

首筋に顔を埋めて、暁人はつぶやく。

「菜々美、いい匂い」

「や、やめてって」

恥ずかしい……っ。

「も、もう離れて……」

私が身をよじると、さらに強く抱きしめる暁人。

「無理。父さんたちが帰ってくるまでは離さないから」

こんなの突然ズルすぎるよ。

久しぶりに暁人に抱きしめられて、幸せな気持ちになる。

でもなんだか恥ずかしくて……。

「ごめんな、菜々美」

「えっ」

「我慢してるだろ。デートも行けないし、家でもほとんど話す時間が取れない」

「ううん。寂しいなって思うことはあるけど、暁人が頑張ってるんだから私もそれくらいは我慢しないと！」

「何か俺のほうがよっぽど菜々美不足じゃん」

暁人は不満げに言う。

「そ、そうなの？」

なんか暁人が甘々だ……。

しばらくふたりの時間が取れないと、暁人ってこんな風になるんだ。

「可愛い」

私がボソっとつぶやくと、暁人はさらに不満げな顔をした。

「何だとコラ」

「ふふっ」

私は首だけ暁人のほうに向き直って言う。

「私は大丈夫！　だって受験が終わったら、時間ができるでしょう？　ふたりでこっそり暁人の大学見に行っちゃったりとかしてさ……そういうの楽しみにして過ごしてるから心配しないで」

「そう、だな……」

暁人は小さくつぶやいた。

あれ、なんか元気ない？　疲れてるのかな。

それから暁人はほんの少しだけ休憩をすると、私を下ろして立ち上がる。

「じゃあもうひと頑張りするか」

「うん、頑張ってね」

「ありがとな」

晩人は私の唇に触れるくらいのキスを落とすと、そのまま去っていった。

な、何あのイケメンがやるやつ……！

＊

こうしてさらに一カ月半が経ち、めまぐるしいスケジュールの中、暁人はさらに勉強に追い込みをかけていった。

食事とお風呂以外は机に向かっている。

少しも休まずに頑張っていた受験勉強はようやく終了した。

そしてその結果は……。

「医学部合格おめでとう、暁人！」

「今日はパーティにしましょう！」

「やったね、暁人」

「みんな騒ぎすぎだろ」

暁人は無事第一志望の大学に合格した。

一生懸命勉強してたもんね。

これで暁人の夢の第一歩が始まるんだと思うと、私は嬉しくなった。

それにやっとふたりで一緒に過ごせる時間ができる！　楽しみだなぁ……。

お父さんとお母さんがケーキやピザを取ってくれて盛大にお祝いをした。

「本当に暁人くん、頑張ってたわよね。偉いわ」

「ああ、よく頑張ったな」

すると暁人は首を振る。

「家族みんなが応援してくれたお陰だよ。自分の気持ちをハッキリ伝えられるようになったから受験勉強にも集中できたんだと思う」

暁人はまっすぐに家族を見る。

前までは笑顔を作って、うんうんって頷いて、人の望む言葉を言うだけの暁人だったけど、今はハッキリと自分の意思を伝えている。

「今までありがとう」

「暁人……」

彼の言葉を聞いて、お父さんとお母さんは涙ぐんでいた。

こういう家族の形、いいなぁ……。

「母さんに報告はしなくていいのか？」

お父さんがそう切り出す。

するとと暁人は気まずそうに目を逸らした。

「あらやだ、暁人くん。私に気を遣ってるの？　大事なお母さんでしょ、しっかり報告しに行きなさい」

私のお母さんがそう言うと、暁人は顔を上げて頷いた。

「菜々美を母さんのお墓に連れて行きたいんだ。いいかな？」

えっ、暁人のお母さんのお墓に……？

「もちろんだ、一緒に報告しに行きなさい」

はじめてだ。

今まで暁人がひとりでお墓参りに行っていることは知っていた。

でも場所を教えてくれたことはなくて、暁人はひとりでお母さんに向き合いたいんだと思ってた。

「私も行っていいの？」

「ああ、来てくれたら嬉しい」

「わかった！　行こう」

それから家族でのパーティーは思い出話に花を咲かせながら終えた。

みんなで片付けをして、寝る準備をすると私たちは二階に向かう。

「ねえ暁人……ちょっと来てほしいの」

私は暁人を部屋に招いた。

「暁人、本当におめでとう」

「ありがとう」

「菜々美も待っててくれてありがとな」

私は首を振る。

「それでね、あの……」

そして私はずっと用意していたものを差し出した。

「これは……？」

「私から暁人への合格祝い」

「まじ？」

暁人は驚いた顔をしている。

ラッピングを丁寧に外して、箱を開ける。

「時計だ……」

「そうなの、大学生って腕時計使うかなぁと思って。そんなに高価なものじゃないんだけど」

喜んでくれるかな……？

暁人が受験勉強している間、私に何ができるのかなって考えていた。

杏子ちゃんに相談したら、「合格を信じて待つって意味でも、何かプレゼントを買ってあげたらどう？」と言われて、ふたりで買いに行ったんだ。

「……まじか、すげぇ嬉しい」

晩人は手で顔を覆いながら言う。

「本当？」

「ああ、めちゃくちゃ大事にする」

私が想像していたよりも喜んでくれる晩人。晩人はさっそく腕時計をつけて眺めた。

「ありがとな、菜々美。待っててくれて」

晩人は私を強く抱きしめる。

「ううん、当たり前だよ。だって私も晩人の夢、応援したいもん！」

私が伝えると、晩人は真剣な顔をして私に言った。

「あのさ……菜々美。言いたいことがあって」

「うん？　どうしたの？」

私は晩人のほうを見る。

するとポケットに入っていたスマホが振動した。着信だ。

「あっ、杏子ちゃんからだ！　杏子ちゃんもね、何だかんだ晩人の合否、気になってるんだよ」

「じゃあ伝えてあげて」

晩人はそう言ってくれるけど、私は首を振った。

「杏子ちゃんには申し訳ないんだけど、今は暁人との時間を無駄にしたくないから、後にする」

「お前ね……」

「ダメ？」

「あんまり可愛いこと言うと、襲うぞ。今だってギリギリで保ってるっつーのに」

まっすぐに伝えてくる暁人。

暁人の気持ちをもっと知りたい。

「……いいよ」

私は小さい声で暁人に伝える。

「暁人になら……いいよ」

だってずっと待ってた。

はじめてだから怖いって思うこともある。

でも暁人にならいいって思えるから。

暁人の反応を不安げに見つめる。

するると彼は言った。

「大事にしたいから、ダメ」

「でも……本当にいいんだよ？　無理して言ってるわけじゃないの」

「わかってる。でも菜々美が大学生になったら、奪いに行くから。それまで待って」

わたしは頷いた。

本当は今すぐにでも奪ってほしいと思ったけど、暁人がそれだけ私のことを大事に思ってるってことだもんね。

ちゃんと我慢するよ。

「それで言いたいことって？」

「あー……それはまた改めて言うよ」

「わかった」

その日はほんの少しだけ暁人と話をして、お互いの部屋に別れて寝ることにした。

＊

それから三日後の土曜日――。

「じゃあ行こうか」

晩人と一緒に家を出た。

今日は晩人のお母さんに会いに行く日だ。

「なんか菜々美、緊張してる？」

「うん……だって晩人のお母さんにこの子誰って思わないかな？」

「思わないよ。母さんはきっと菜々美みたいな子が好きだと思う。それに喜ぶだろうな」

「なんで？」

「俺が誰かを連れていくのは、はじめてだから」

「晩人……」

私をお母さんに紹介したいって晩人が言ってくれた時、すごく嬉しかった。

兄妹になったからとか、彼女だからとか理由はどうでもいい。

晩人の大切な人が眠る場所に連れていってくれることが嬉しいんだ。

お墓に着くとお花を供《そな》え、お寺で買ったお線香に火をともした。

ふたりでそろって手を合わせる。

晩人はお母さんに私を紹介してくれた。

「母さん、この子が菜々美って言うんだ。俺の妹であり彼女。俺が甘えられる環境をつくってくれた」

晩人はまっすぐにお墓を見て話をしている。

「父さんも今、再婚して幸せに暮らしてるよ。でも母さんのこともずっと大切に思ってるから安心してな」

お父さんも月命日にはお墓を訪れてお線香をあげているのを知っている。

家にある仏壇にも毎日手を合わせていて、大切な人はずっと大切なんだと示してくれた。

「晩人のこと、任せてくださいね」

私は晩人のお母さんに届くようにそう伝えた。

「ふっ、そんな頼もしいこと言ってくれんの？」

「彼女ですから」

ふわりと笑う晩人。

合コンの時の誰にも心を開きません、みたいな顔をしていたのが思い出せないくらい、晩人はよく笑うようになった。

これ、私には甘えてくれてるって思ってもいいのかな。

「じゃあ帰るか」

「うん」

私たちは晩人のお母さんのお墓を後にした。まだ時間もあるし、近くのカフェでゆっくりしようということになった。

ふたりでカフェまでの道を歩いていると……。

「おお、暁人じゃないか！」

向こう側から四十代ぐらいの男の人がやってきた。

「お疲れ様です」

暁人は頭を下げる。知り会いかな？

そう思っていると、彼は教えてくれた。

「中学の時のサッカー部の監督」

私も挨拶をする。

「おめでとう、卓也たちから聞いたよ！　暁人、第一志望の大学に受かったんだな」

「はい、お陰様で……」

「そうかぁ～それじゃあ大変だなぁ。もう来月から東京に行くのか」

「えっ」

私は思わず声を上げる。来月から東京？

暁人は地元の大学に行って家から電車で通うんだよね？

意味がわからず、話についていけなくなる。

「いろいろ大変なこともあると思うけど頑張ってな。たまには顔見せに来てくれよな」

「はい……」

「どういうこと？」

監督が去ると、私は不安いっぱいで暁人に問いかける。

「違うよね？　だって暁人、家から通える大学に行くって言ってたよね？」

監督が勘違いしたはずだと思うのに、不安が募っていくのは暁人が目を合わせないから。

「ねぇ、暁人」

「――ごめん菜々美。俺、春から東京の大学に行くんだ」

お別れの春

晩人の言葉を聞いた時、私はショックで言葉が出なかった。

春から東京……？

それじゃあ家からなんて通えるわけがない。

私たち離れ離れになっちゃうってこと？

ずっと待ってた。

受験が終われば、暁人と一緒にいられるんだって楽しみにしてたのに。

それなのに、突然東京なんて言われても意味がわからないよ。

「ずっと言おうと思ってたんだけど、言うタイミングがなくて……」

「お父さんとお母さんは？」

「知ってる」

それじゃあ私だけ……。

暁人がお世話になった監督まで知ってたんだもんね。

「どうして言ってくれなかったの……？　東京の大学に行くこと、暁人の口から直接聞きたかったよ」

「……悪かった」

暁人はそれしか言わない。

顔も伏《ふ》せていて、何を考えてるのかわからない。

なんだか急に心が離れちゃったみたい。

「どうして東京の大学なの……ここから通える大学じゃダメだったの？」

「その大学でしか学べない科目があるんだ。だから俺はそこに行きたいと思ってる」

「そう、なんだ……」

本当は暁人の夢を応援したいって思ってた。

一番近くで応援してあげられる人になりたいって。

なのに、離れるなんて聞いてないよ……。

背中を押せない自分にイライラが募る。

「………」

彼女なんだから、頑張れって、いってらっしゃいって言ってあげなきゃいけないのに。

そんなことも言えなくて……っ。

少し時間が欲しい。
もう少しだけしっかり考えたい。
そうしたら、冷静になって暁人の背中を押してあげられるかもしれない。
暁人は気まずそうな顔をして言う。
「それと俺と菜々美がここで家族として暮らすのは環境が悪すぎると思う」
えっ……。
私はぱっと顔を上げた。
それって、別れたいってこと……？
もしかして暁人は私と付き合う前からそれを考えてたの？
私からの思いを断れなくて、むげにすることもできず告白を受けた。
そして大学生になって離れ離れになれば、自然消滅していくだろうって？
暁人はそのまま遠くの大学に行って、新しい彼女を作るの？
嫌だ。そんなの嫌だよ。別れたくない。
「だからさ……」
暁人は口を開く。暁人の言葉を聞いたら、終わっちゃう。
私はとっさにその場から逃げ出した。
「あ、おい……菜々美！」

別れるなんて絶対に嫌だ。

私は唇をかみしめ、全速力で逃げた。

「はぁ……っ、はぁ……」

暁人がそんなことを考えてるなんて気づかなかった。

遊園地に行った時は本当に幸せで、この幸せな気持ちが続いていくんだと思っていたから。

走って走って、たどり着いたのは公園だった。

どうして言ってくれなかったんだろうという気持ちと、別れたくないという気持ちが交錯する。

次、暁人に会ったら私は別れようって言われるのかな？

暁人は東京に行って新しい一歩を踏み出す。

それなのに、兄妹である私と付き合っているのは、きっと将来の邪魔になる。

暁人がそれを望んでいるのなら、別れるほうがいいとわかってはいるのに、受け入れることができない。

涙が頬を伝って地面へと落ちる。

こんなの突然で、頭がついていかないよ……。

せめて最初から言ってくれたら、浮かれることもなかったのに。
今よりも少し冷静に考えられたかもしれない。
私は公園のベンチに座り込んだ。
どんよりと分厚い雲が空を覆っている。
さっきまでは晴れていたのに、まるで私の心の中を表現してるみたい。
これからどうしよう。行く場所もなく、ここを動くこともできない。
そうこうしているうちにポツリ、ポツリと雨が降ってきた。
冷たい雨は小雨から次第にザーザーと強くなる。
「あーあ、なんか本当にツイてない……」
受験が終わるのを、楽しみにしていたのに。
こんな仕打ちが待っているなんて思いもしなかった。
涙がポタポタと地面に落ちる。
激しい雨は涙を隠してくれるだけで、包み込んではくれない。
「寒い……」
でも今帰ったらきっと、さよならを告げられてしまう。
公園にひとり、うずくまる私。
暁人は私と出会った時に、どうせ一緒に暮らすのは一時だけって言ってた。

だけど離れる日がこんなに早くに来るなんて思わなかった。
晩人と別れて家を出たら、家族の関係もなくなっちゃうのかな。
もう他人みたいになっちゃうのかな。
悲しいよ……。
涙をぬぐうこともせず、座りこんでいた時。
突然激しく降っていった雨が止んだ。
何……？
顔を上げると、そこには傘を持った暁人が息を切らして立っていた。
「探したろ」
「あき、ひと……」
ダメだ。
だって今から別れようって言うんでしょ？
暁人は私のことなんか忘れて新しい気持ちで一歩を踏み出すんでしょう？
私はすぐに立ち上がって逃げようとする。
「待って、菜々美」
――パシン。
しかし、暁人が私の腕を掴んだ。

「放して！　お願い！」

「放すかよ。どんだけ探したと思ってんの？」

私はぐっと黙ってしまう。

「ちゃんと話を聞いてほしい」

今は聞きたくない。

「嫌！」

「あのな、菜々美……」

私はとっさに彼の口を手のひらで塞《ふさ》いだ。

「言わない、で……っ」

目に涙を浮かべながら必死に止める。

難しい恋愛になることはわかってた。

でも私は暁人と一緒にいるのが幸せで、大好きなんだ。

だから……。

「お願いだから……その先のことは言わないで……」

そんなに簡単に終わりにしないで。

頬を伝って、涙が零れる。涙が止まらなくて、心が苦しい。

「別れたくない……っ」

するると暁人は私の涙を指の腹でぬぐった。

「こんなになるまで泣いて……何早まってんだバカ。ちゃんと最後まで聞けよ」

暁人は真剣に私を見つめながら言う。

「別れるとか考えてねぇから」

「えっ」

時が止まったみたいに静かになる。

彼は私を見てしっかりと説明してくれた。

「環境が悪いってずっと考えてた。誰かの目を気にして過ごしていたら、菜々美に我慢させたり、悲しませることが絶対に増える。だから菜々美……」

そこまで言うと、暁人はしっかりと私の目を見つめて言った。

「菜々美も来年、東京来いよ。それで一緒に暮らそう」

「ウソ……」

ビックリして口元を覆う。

いいの？

「さっき、環境が悪すぎるって」

「そりゃ両親がいたら堂々とイチャイチャできねぇだろ」

「別れるって話じゃないの？」

「俺が菜々美と別れられると思ってんの？」

う、う……。何だ……。それじゃあ私の勘違いってこと？

ほっとしたら、また涙が止まらなくなってしまった。

「よかったよ～、別れるって言われなくてよかったよ」

「もう泣くなよ」

暁人は私をぎゅっと抱きしめた。

温かい……。

暁人に包まれてる。

「本当は一番に伝えるべきだってわかってたんだ。でも、やっぱり別々に暮らすって言ったら悲しむだろうし、どうしたら菜々美を傷つけずに済むか考えてたら、どんどん伝えるのが先になっちまった」

そっか……。

暁人はずっと私のこと一番に考えていてくれたんだ。

私はぎゅうっと暁人の背中に手を回す。

「私も、すぐに応援してあげられなくてごめんね……。暁人の大事な夢だもんね！ちゃんと応援するよ」

ずっと不安だった。

晩人が離れていくこと。

自分の知らない世界に行ったら、晩人はモテるし簡単に捨てられてしまうんじゃないかって心配だった。

でも……。雨に濡れて、息を切らしてこんなに一生懸命私を探しに来てくれた。

「頑張るから……！　私も一年後、晩人と一緒に暮らせるように」

「ああ」

気づけば小雨になっていた。

ふたりでひとつの傘を差して、まわりからは見えないように傘で顔を隠しながら手を繋ぐ。

「帰ったらすぐ風呂な」

「うん。風邪ひきそう」

家に着くと、お母さんとお父さんは出かけたまま、まだ帰ってきていなかった。

晩人がお風呂を先に譲ってくれて、できるだけ早くシャワーを浴びて彼と交代をする。

髪を乾かそうとしていた時、晩人も脱衣所から出てきた。

「おいで」

晩人はドライヤーを片手にソファをポンっと叩く。

「なに？」

「菜々美ちゃん甘やかしタイム」

「乾かしてくれるの⁉」

「泣かせちまったからな」

やった！　私は遠慮なく暁人の前に座った。

ドライヤーの風を当てながら、私の髪を撫でるように乾かしてくれる。

「気持ちいい……」

「一緒に暮らしたら、こんな生活が待ってるんだろうな」

「えっ」

まさか暁人からそんな言葉が出てくるなんて思わなくて、私は思わず聞き返してしまった。

「いや、別に」

ドライヤーの風で聞こえなかったって思ってるのかな。

バッチリ聞こえてる。

浮かれてるのは私だけって思っていたけど、暁人……私と一緒に暮らすこと考えてくれてるんだ。

「ねぇ、浮気しちゃダメだからね」

「しねぇよ」

「離れてる間も？　すごい綺麗な女の人が現れても？」

「興味ないし。お前のほうこそ俺がいないからって他の男に現《うつつ》を抜かしてたら、毎週こっちに戻ってくるからな」

「それはそれでいいかも」

「何だと、コラ」

「痛たたたた」

暁人は私の鼻をぎゅっとつまんだ。

カチっとドライヤーの電源を切ると、そのまま私を後ろに引き寄せる。

私は暁人に抱きしめられる形になった。

「わっ……」

「おしまい。ご褒美《ほうび》は？」

「えっ、泣かせたお詫びに乾かしてくれるって言った！」

「ふうん、くれないいんだ。じゃあいいよ」

「あ、あの……」

いいと言われて、焦る私。

しかし。

「奪うから――」

そう言って暁人は私を覆うようにしてキスをする。

「んっ……」

何度も触れるだけのキスを繰り返す暁人。

思考が溶けそうになってクラクラする。

暁人が目の前にいる。

その安心感が心地よくて、でもこれ以上されたら止められなくなりそうで――。

「お母さんたち、もう少しで帰ってきちゃうかも」

「そうだな」

唇は名残《なごり》惜しそうに離れていった。

もしふたりで暮らしたら、こんなこともなくなる。

誰かの目を気にすることもないから、止める理由もなくなっちゃうんだ。

私がそんなことを考えていると、暁人が言った。

「菜々美、今エッチなこと考えたろ」

「ち、ちが……」

「じゃあどうしてそんな真っ赤な顔してるのかな」

「意地悪しないで」

そんなの考えちゃうに決まってるよ……。

だってふたりで暮らせるなんて思わなかった。

「菜々美の部屋作って待ってるからな」

「うん……」

あと一年。

暁人を追いかけるように私も自分の進路を考える。

でも、暁人の住む場所に行くってことは、私も暁人と同じキャンパスに通うことになるよね？

そしたら、これからたくさん勉強しなくちゃいけないだろう。

「それで暁人の行く学校の偏差値ってどれくらいなの？」

「六十五だけど」

「ちょ、ちょっと待って……！」

六十五ってめちゃめちゃ高いじゃん！

今の私では到底《とうてい》学力が足りない。

今から全力で頑張っても届くかどうかわからないくらいじゃない？

これは無謀《むぼう》と言うんじゃ……？

「暁人、勉強ってどうすれば……」

「一緒に暮らしたいなら、頑張れよ。おバカな菜々美ちゃん」

「あ、暁人……」

暁人と別れることにならなくてほっとしたけど、これから忙しくてハードな一年になりそう……。

でも暁人と一緒に暮らすために頑張るしかない。

お見送り

一カ月後——。

「行ってらっしゃい、暁人」

「頑張るんだぞ」

お父さんとお母さん、私の三人で空港までお見送りをする。

本当にこれから離れ離れになっちゃうんだなぁ。

「寂しくなるなぁ」

お父さんがポツリとつぶやく。そんなお父さんをお母さんは横で見守っていた。

今まで実感が湧かなかったけど、こうやってキャリーケースを持った暁人を見ていると、行ってしまうんだなって思う。

「何か困ったことがあったらすぐ連絡するんだぞ」

「遠慮しなくていいんだからね」

「わかってるって」

「電話だって、お父さん毎日でもしてやれるぞ！」

「毎日はしすぎだろ」

私は三人のやりとりを聞いていて笑ってしまった。

お父さんもお母さんもすごい心配してる。

ひとり息子が自分たちから離れていくんだもん。当然だよね。

寂しげに暁人のことを見ていると、暁人はお母さんとお父さんに言った。

「菜々美が元気ないから、展望台連れていっていい？」

「もちろんよ、行ってきなさい」

暁人……！

「菜々美、こっち」

そう言って暁人は、人がほとんどいない外の展望台まで私を連れてきた。

景色を眺めながら私は言う。

「本当に行っちゃうんだね、わかってたけど寂しいや」

「そうだな……」

静かな時間が私たちの間に流れる。

最後にしんみりするのは嫌だったから、私はからかうように暁人に言った。

「大学で大人っぽいお姉さんが言い寄ってきても、行ったらダメだからね！」

「俺、大人より子どもっぽいほうがタイプだから」

「じゃあ明るくて無邪気な女の子が来ても誘いに乗っちゃダメだから！」

「無邪気でも、ちょっと抜けてるほうがいいな」

むっ……！

「だったら！て、天然系？の女の子が来ても……」

そこまで言った時、暁人は私の言葉を遮る。

「あのなぁ……わかんねぇ？　菜々美がタイプって言ってんの」

「えっ」

暁人のまっすぐな言葉に私は思わず顔を赤らめた。

しかしその後すぐに気づく。

『無邪気でも、ちょっと抜けてるほうがいいな』

「抜けてるってどういうことよ！」

「ははっ、そういうとこだよ」

暁人は優しい笑顔を見せると、私を呼んだ。

「菜々美」

「わっ……」

ぎゅっと抱きしめられた。

「あ、暁人……お母さんたちが……」

「ここからは見えないから」

私たちがいるところは死角になっていて、周囲の目が届きにくい。

首元に冷たいものが当たる。

「何？」

そう思った時。

「やっぱり似合うと思った」

暁人は嬉しそうに言った。

「窓ガラス見てみ？」

そう促がされ、窓ガラスに顔を向けると、私の首元にはキラキラ光るネックレスがつけられていた。

「可愛い……」

「だろ、菜々美に似合うと思って」

「いいの？」

「お守り。俺がいなくても菜々美が頑張れるように」

嬉しい……。

これを付けていれば、何回だって暁人を思い出せる。

悲しい時も、苦しい時もこれがあれば大丈夫だって思えるように。

ぎゅっとネックレスを握りしめる。

「暁人ありが――」

「菜々美、好きだ」

暁人は私の手を引き、そのままキスを落とした。

「んっ……」

人目につかないように、柱の陰に隠れてキスをする。

「一年後待ってるから。絶対に来いよ」

「うん……」

私は目尻に溜まった涙をぬぐった。

来年、絶対に暁人の元に行くからね。

「いってらっしゃい」

「行ってくる」

こうして、飛び立つ暁人の後ろ姿を見送ったのだった。

＊

それから私は勉強漬けのハードな生活を送っていた。

暁人と一緒に暮らすため、以前の暁人と同じように、学校の後塾に通い、帰宅後も勉強を続けた。

杏子ちゃんには寂しがられたけど必死だった。

そうしたら、だんだんと成績も上がってきて、暁人の行く学校に入る道も少しは見えてきた。

それでも十分厳しかったんだけど……。

両親や先生からは「見違えたみたいに変わった」と言われたっけ。

私自身も勉強をしていくうちに、自分の進路をしっかりと考えられるようになった。

暁人と同じ医者を目指すのは、到底難しいから、暁人と同じ学校の一番偏差値が低いといわれている経営学部を目指すことにした。

杏子ちゃんが美容の専門学校に行って、美容師になりたいって言っていたから、そうやってお店を持つ人の助けになることができたらいいなって思ったんだ。

私がここまで変われたのは、もちろん暁人のお陰だ。

『菜々美、頑張ってんの？』

「うん、今数学の難しい問題に詰まってた」

『問題言ってみ？　教えてやる』

こうして暁人は、毎日私に電話をくれてわからない問題を教えてくれる。

後は私が不安にならないように、メッセージや大学の写真を送ってくれたり。

離れたら冷たくなっちゃうんじゃないかなって思ってたけど、結構暁人のほうが甘々で……。

「文化祭の打ち上げがあるから、夜電話できないかも！　ごめんね！」

『無理』

「えっ！」

『菜々美が誰かに言い寄られたらどうすんの？』

「そんなのないよ！」

『ダメ。何時でもいいから、ちゃんと終わったら連絡して』

なんて、心配性で彼氏兼お兄ちゃんをしている。

こうした生活を一年送った結果……。

「やった、合格だ！」

見事暁人と同じ大学の経営学部の合格を勝ち取った。

「この一年間、よく頑張ったわね」

「お母さん……」

「寂しいな。菜々美ちゃんまで東京に行っちゃうなんてな」

私は進路を決めてからすぐに、お父さんとお母さんに東京に行きたいということを相談した。

お母さんは、女の子が東京でひとり暮らしをすることに反対だったけど、暁人と一緒に暮らすことを伝えたら、ＯＫしてくれた。

「暁人くんもいるから安心よ。ひとりでなんてとても心配で行かせられないわ」

ふたりとも、まさか私と暁人が恋人同士なんて思ってもないので、兄妹一緒に暮らすことに大賛成してくれた。

「年末年始は帰ってきてね。あと連休ができたらお母さんたちもそっち行くから。絶対よ！」

「わかってるって」

両親を騙している罪悪感はありつつも、私は春からの生活が楽しみでたまらなかった。

いつか、お母さんたちにも私たちの関係を言わないといけない日が来る。

その時はしっかり伝えられるようにしておかないといけない。

そして再会の日——。

「晩人、来たよ！」

「よく来たな」

晩人は空港まで私を迎えに来てくれた。

大学一年生の時に合宿で免許を取ったらしく、レンタカーでお迎え。

「運転してる晩人、カッコイイ……っ」

「あんま見んな」

今日から晩人と一緒に暮らすことになる。

「それにしてもよくうちの学校入れたな」

「へへっ、頑張ったんだよ？」

一番入りやすいといわれている経営学部だって、晩人の学校はそもそもレベルが高いから、偏差値も高い。

だから学力を上げるのに、それはもう大変で何度も挫折《ざせつ》しそうになった。

でもね、これがあったから……。

私は一年前晩人がプレゼントしてくれたネックレスに触れた。

「それまだ持っててくれたんだ」

「当たり前じゃん！」

晩人が待ってくれてるって思ったから、頑張れたんだ。

「ここだよ」

晩人は家の前に車を停めると、荷物を全部持ってくれた。

ここが今日からふたりで暮らす家……。

晩人の部屋は綺麗に整っていた。

しっかりと、ひと部屋分空いていて、私の部屋を作って待っていてくれたんだなと思う。

それに……。

食器棚には赤と青のマグカップが用意されていた。

「これ……」

「菜々美は赤のほうな」

「わ、私の分のマグカップと食器、買ってくれたの？」

「ああ、俺もたいがい浮かれてるよな」

晩人がこんなことまでしてくれるなんて……。

これが憧れていた同棲。

心がきゅんっとする。

「足りないものはこれからふたりで買いに行こう」

「うん！」

これからたくさん楽しい生活が待っている。

わくわくして、大好きな人で満たされる生活。

「それで寝室は？」

「こっち」

暁人に案内されるがまま、ついていく。

扉を開けると、そこにはキングサイズのベッドがひとつだけ置かれていた。

「暁人、ここでひとりで寝てるの？」

これずいぶん大きいような……。

「一年後を見据えて大きいのを買っといた」

ってことは……。

「一緒に寝るってこと⁉」

「当然だろ」

そ、それは本当にイケないことしてるような。

「さ、最初は別々で……」

「ダーメ。もう俺らは兄妹じゃないんだ。この場所には俺らが兄妹だってことを知ってる人はいない。まわりから見てもただのカップルだよ」

そうだ。

私たちが言わない限り、私たちが兄妹であることを知る人はいない。

隠さなくてもいいんだ……。

「じゃあ外で堂々と手を繋いでもいいの？」

「もちろん」

「誰かに会った時、彼女だって言っても？」

「当然」

そっか、そうだよね。

これは同棲。

お兄ちゃんと一緒に暮らしているわけじゃない。

「なんか嬉しいね……」

「ずっと待ってたからな」

暁人も嬉しそうに笑った。

「これから誰にも邪魔されないで、菜々美を俺のものにできるってわけか……どんなイケないことしてやろうかな？」

「えっ」

「もう何も我慢しねぇから」

「あっ、ちょ……暁人！」

晩人は私をベッドにゆっくりと押し倒した。

「まだ荷物の準備が……」

「そんなの後でいいだろ。もう限界」

晩人は強引に私の唇を奪った。

「んっ……」

「待った分、めちゃめちゃ愛してやるから覚悟しろよ?」

「……っ、はい」

やっと一緒になれて、これからたくさん愛にあふれた生活が続きそうです——。

END

あとがき

こんにちは。菜島千里です。

このたびはたくさんの書籍の中から『どうせ俺からは逃げられないでしょ?』を手に取ってくださりありがとうございます。

今回は久しぶりの恋愛作品になりました!

いつも見てくださっている方には、ホラーじゃないんだ!と思われるかもしれませんが、実は恋愛作品の執筆も大好きです♪

今回ははじめて「義兄妹もの」の作品を書きました。

禁断のお話は昔とても好きだったジャンルの一つだったので、ダメだってわかっているのに抗えない気持ちを大事にして書きました。

同居の要素もあるので、ドキドキシーンをたくさん入れられたのが楽しかったです。

ピュアだけど、ハッキリものを言う菜々美と、ダルがりだけど大人っぽい暁人との掛け合いを書くのも楽しかったですね！

まだまだ恋愛作品もたくさん書いていきたいと思っているので、どんな男の子が好き！とか、こういう女の子がヒロインで読んでみたいなどありましたら、教えてください（もちろんこの作品の感想もお待ちしております）。

最近たくさんの方から、感想をいただく機会が増えて、今度は読者の皆様にどう思ってもらえるんだろう？と楽しく執筆をしております。

この場を借りて、読んでくださった皆様に、そして感想を伝えてくださった方に感謝を申し上げます。

また別の作品でもお会いできますように。

二〇二四年三月二十五日　菜島千里

著・菜島千里（なじまちさと）

小説家。ホラーと恋愛ジャンルの執筆をメインにしている。別名義 cheeery としても活動中。既刊に『年の差契約婚～お別れするはずが、冷徹御曹司の愛が溢れて離してくれません～』、『人生終了ゲーム』シリーズ、『仲良しこよしゲーム　裏切りの授業スタート』、『トモダチ・グランプリ　最悪なゲームからの大脱出！』、『裏切り投票ゲーム』（すべてスターツ出版刊）などがある。その他にも漫画の原作も担当している。

絵・小夏うみれ（こなつうみれ）

6月生まれ双子座。2018 年漫画家デビュー、コミックスは5冊刊行。趣味は漫画を描くことと K-POP を聴くこと。現在はオリジナル漫画を連載し、X や Pixiv で情報発信中。

菜島千里先生へのファンレター宛先

〒104-0031
東京都中央区京橋1-3-1　八重洲口大栄ビル7F
スターツ出版（株）書籍編集部気付
菜島千里先生

どうせ俺からは逃げられないでしょ？

2024年3月25日　初版第1刷発行

著者　菜島千里　

発行人　菊地修一

イラスト　小夏うみれ

デザイン　カバー　稲見麗（ナルティス）
フォーマット　粟村佳苗（ナルティス）

DTP　株式会社 光邦

発行所　スターツ出版株式会社
〒104-0031
東京都中央区京橋1-3-1 八重洲口大栄ビル7F
TEL 03-6202-0386（出版マーケティンググループ）
TEL 050-5538-5679（書店様向けご注文専用ダイヤル）
https://starts-pub.jp/

印刷所　株式会社 光邦

Printed in Japan
ISBN 978-4-8137-1558-0 C0193